FREUD
De Viena a Paris

Romance

Ariane Severo

FREUD De Viena a Paris

Romance

1ª edição / Porto Alegre-RS / 2021

Capa: Marco Cena
Produção editorial: Maitê Cena e Bruna Dali
Revisão: Júlia Dias
Produção gráfica: André Luis Alt

Dados Internacionais de Catalogação na Publicação (CIP)

S498f Severo, Ariane

Freud de Viena a Paris. / Ariane Severo. – Porto Alegre: BesouroBox, 2021.

200 p. ; 14 x 21 cm

ISBN: 978-65-88737-51-4

1. Literatura brasileira. 2. Romance. I. Título.

CDU 821.134.3(81)-31

Bibliotecária responsável Kátia Rosi Possobon CRB10/1782

Edições BesouroBox Ltda.
Rua Brito Peixoto, 224 - CEP: 91030-400
Passo D'Areia - Porto Alegre - RS
Fone: (51) 3337.5620
www.besourobox.com.br

Impresso no Brasil
Julho de 2021.

EMBARQUE IMEDIATO!

Agitação na plataforma. Mais carvão é jogado na fornalha, ouve-se um longo apito, que parece um grito assoprado e rouco, e o trem se põe em movimento.

Onde termina o que é autêntico e começa o que foi reconstruído? Não se escreve apenas para o presente.

Para Sigmund Freud.

Agradecimentos

Aos biógrafos de Sigmund Freud.

Aos meus alunos da disciplina de Freud I e II do Contemporâneo, Instituto de Psicanálise e Transdisciplinaridade, e a própria Instituição onde leciono há mais de vinte anos.

Para Alcy Cheuiche, que, durante dez anos, me orientou nas Oficinas de Criação Literária.

À Ana Helena Rilho, agente literária e amiga.

Ao meu tradutor de alemão, Helmut Burguer.

Ao meu editor Marco Cena.

Aos meus familiares: José Antônio Severo, Rivadavia Severo, Rivadavia Severo Filho e Rafael Severo que auxiliaram na revisão, principalmente histórica, deste livro.

O escritor encerra mais filosofia e elevação do que a história. A história enuncia verdades gerais e o romancista relata fatos particulares.

Aristóteles

O romancista concede o direito à imaginação para completar as lacunas que o historiador não pode preencher com os fatos. A força criadora de um autor infelizmente nem sempre obedece ao seu querer: a obra é a obra possível, não raro escondendo-se do autor como algo autônomo, até mesmo estranho.

Schiller

Imaginei-o brandindo sua bengala contra os antissemitas, vestindo sua camisa mais bonita para visitar a Acrópole, descobrindo Roma qual um amante inebriado de felicidade, fustigando os imbecis, falando sem pruridos perante americanos embasbacados, reinando em sua morada imemorial em meio a seus objetos, Chow-Chows ruivos, discípulos, mulheres, pacientes loucos, esperando Hitler de pé, implacável, sem conseguir pronunciar seu nome – e penso comigo que, por muito tempo ainda, ele permanecerá o grande pensador de sua época e do nosso tempo.

Elisabeth Roudinesco

Se o pensamento freudiano subsiste como obra, é pela força de suas descobertas intelectuais e por habitar poeticamente a língua. O que significa que o pensamento encontra a poesia das palavras, num abandono mútuo, numa fecundidade amorosa.

Edmundo Gómez Mango

O sonho é uma espécie de substituição daqueles cursos do pensamento cheios de afeto e de sentido.

Sigmund Freud

SUMÁRIO

I
O FILHO DE BACO E PROSERPINA

Freud vai até o gabinete anexo para buscar um charuto, companheiro de todas as horas. Abre a gaveta da escrivaninha: diante de seus olhos a caixa de cedro ainda fechada. Observa as etiquetas, os selos verdes de garantia, que inspiram o mundo inteiro. Pensa nos poetas dos séculos XVI e XVII, que recorreram à mitologia. O fumo seria filho de Baco, deus do vinho, e Proserpina, deusa dos infernos.

Concordo que o charuto é divino, inspira-me sentimentos de honra e de virtude, aclara as ideias e me mantém sereno para escrever. Além disso, destila e consome os humores supérfluos do cérebro, faz passar a fome e a sede durante algum tempo.

Abre a caixa e contempla o charuto. Sabe que saiu das mãos de uma *anilladora* de Havana com dedos de fada. Acomoda-se em sua poltrona verde, atrás do divã. Para ele, fumar requer um ambiente propício. Em silêncio, e sob o olhar de suas obras de arte, aproxima o *Zigarre* das narinas para sentir seu aroma.

Gosto de saboreá-lo sozinho, porque ele pede tempo, não o tempo do relógio, mas o que nos transporta para o mundo dos sonhos e da associação de ideias. Às vezes tem um efeito calmante, o que preciso neste momento. Ato preliminar fundamental, uma preparação para as cartas que pretendo escrever.

Coloca-o na boca, sem deixar que deslize de um canto para o outro e, sem apertá-lo entre os dentes, o mantém firme nos lábios, formando um ângulo reto com a mandíbula. Aproxima o fósforo para a *queima*. Os Maias celebravam o tabaco. Para eles, as estrelas cadentes eram cinzas incandescentes dos seus enormes charutos. O trovão, rugido dos rochedos que batem um contra o outro para fazer lume; os relâmpagos, faíscas que deles se soltam; as nuvens, o fumo do deus da chuva. Gira o charuto durante alguns segundos a cerca de um centímetro da fonte de calor, puxa uma ou duas vezes de forma regular, e o acende com destreza. A riqueza dos aromas o faz fechar levemente as pálpebras e se afundar na poltrona. Com a cabeça reclinada, o corpo inteiro age num ritmo mais lento. Restitui o fumo ao ar, conservando os seus sabores.

Sempre penso em todos os gestos que foram feitos, impregnados de cuidado, para que este *puro* chegasse até aqui. O tabaco esticado, torcido, comprimido, estendido e depois distendido, liberado do excedente de umidade, foi moldado de forma delicada e agora está diante de mim. É que não há charuto sem investimento afetivo. E tudo continua ancestral.

Levanta-se, percorre alguns passos até a escrivaninha e, *sob o olhar de Ísis,* ali presente numa estatueta, mergulha a caneta no tinteiro:

Viena, 4 de maio de 1938

Meu caro amigo Abraham,

que bom que não estás por aqui. Quase dois meses depois do Anschluss, *a anexação pela Alemanha agravou muito a nossa situação. Em sua última carta, pouco antes de morrer, o nosso Ferenczi já me alertava:* Saia enquanto ainda é tempo. *Custei muito, mas agora estou convencido de que, em Viena, nada mais posso fazer pela psicanálise.*

Podes imaginar o quanto necessito de um charuto para transmutar essa angústia em alguma esperança. Lembras que, durante a Grande Guerra, eles escassearam muito, o que me causou enorme aborrecimento? Um dia fumei o último, enquanto te escrevia com os dedos gelados, por não haver aquecimento em nossa casa. Os problemas para conseguir alimentos eram ainda piores. Então, como por milagre, um paciente que eu havia curado me deixou em testamento uma boa soma. Nunca me senti tão rico e a distribuí entre os filhos e outros familiares. Apenas dois anos depois, estava outra vez sem dinheiro e minha produção literária diminuiu consideravelmente. Foi quando meu cunhado Eli Bernays, antes da entrada da América na guerra, em 1917, remeteu-me uma quantia considerável de New York. Sempre recebi ajuda nos momentos mais difíceis. Mas o pior ainda estava por acontecer. Meus filhos soldados lutando pela Alemanha: Martin na Galícia e depois na Rússia; Ernst na Itália; Oliver, empenhado em trabalhos de engenharia militar, construindo túneis, quartéis e coisas do gênero. Ficamos sem notícias de Martin, após correu o boato de que todo o regimento havia sido capturado. Só em 3 de dezembro confirmamos sua presença em um hospital. E esperamos até agosto de 1919 para a sua libertação.

Sabes dos esforços que fizemos para salvar as revistas psicanalíticas, e que nada escrito por mim naquela época podia ser publicado em função da guerra. Os pacientes desapareceram. A sociedade de Viena cessou suas reuniões. Rosa, minha irmã querida, perdeu seu único filho na frente italiana.

Freud levanta a pena, pois chega a escutar as patas dos cavalos puxando uma carruagem, como se tivesse sido transportado no tempo. O caminho das emoções nunca é reto. Ainda tem muito vivo o que escrevera naqueles dias para Lou: *Não duvido que a humanidade poderá superar até mesmo esta guerra, mas tenho certeza de que, tanto eu, quanto meus companheiros, nunca mais veremos um mundo em que se possa ser feliz.* Lou Andrea-Salomé... Como pode ter morrido uma mulher que exalava alegria e enchia a sala de sol...

Medita mais um pouco antes de prosseguir:

Agora, como se fôssemos inimigos da Áustria, entraram na editora e colocaram uma arma na cabeça do meu filho Ernst, veterano de guerra, que por pouco não foi assassinado. Logo depois, para meu suplício, Anna foi interrogada por muitas horas pela Gestapo.

Escrevo-te estas linhas e tenho a sensação de que tudo o que vivo é um recordar... Até 1909, a infindável alegria junto aos filhos em crescimento; depois, o colapso dos valores monetários da Áustria e do meu seguro. Mas, apesar de tudo, eu seguia escrevendo de maneira total e profunda. Cheguei a te dizer, naquela ocasião, que a única coisa satisfatória que continuava em marcha era o meu trabalho. Da mesma forma, meu saudoso amigo, continuo escrevendo, apesar de algumas pausas, rumo a ideias novas e conclusões dignas de nota.

Porém tudo me exige a partida, sou obrigado a reconhecer. Por muito tempo me neguei a deixar Viena, pois sempre achei que a Alemanha, uma nação que produziu Goethe, não poderia, de modo algum, tomar o caminho da perversidade. Tenho pensado em viver em um lugar onde possa promover o renascimento da psicanálise. Vislumbro a Inglaterra como um porto seguro. Temo a democracia americana, essa dominação das massas da qual falei no Mal-Estar, *e num ponto estou de acordo contigo, essa busca imoderada das riquezas parece tão perigosa quanto a submissão à tirania.*

Tudo o que construí está em ruínas. Editoras destruídas, Institutos dissolvidos, livros queimados, discípulos perseguidos, assassinados. Tenho a secreta crença de que, após a queda da Áustria, os bárbaros prussianos subjugarão a Europa.

Estou velho, tenho grandes limitações, faz tempo que não consigo viajar, uma de minhas paixões, o sinal mais importante de liberdade. E agora sou forçado a empreender uma viagem que não esperava e que não desejo.

Sinto o mesmo temor de quando era pequeno, do qual pensava haver me libertado com a autoanálise. Antes, o medo do trem; agora, o medo não está ligado ao desejo de sair de casa, ou insatisfação com o lar, mas se refere aos rumos do país. Descobri que esse sentimento se relaciona com o medo de perder a pátria.

Não sei se conseguirei reencontrar no exílio a atmosfera necessária para retomar o trabalho. Tenho o esboço de um artigo e o Moisés para finalizar. A angústia que sinto é ainda pior. E pensar que um dia o plano de minha velhice estava definido, seria Roma. Sempre gostei de me informar sobre a malha ferroviária, horários de viagens e preços. A parte mais importante era a preparação, o estudo dos manuais e devorar bibliografias sobre a região e cidades que pretendia visitar... Para esta viagem, não me sinto preparado.

Mein Lieber Abraham, *onde estiveres, queira receber minhas melhores expressões de afeto. Tenho certeza de que, em breve, estaremos juntos.*

Seu velho amigo,
Sigm Freud

Concluída a carta, Freud deseja outro charuto consolador. No entanto sabe que não deve mais fumar livremente. Sente-se como Mallarmé: *Não poder acender um charuto é a maior infelicidade.*

Aproveita a chama e queima a carta.

II
O QUE O DOUTOR FREUD VÊ DA SUA ESCRIVANINHA?

Engelman está nervoso naquela manhã fresca e chuvosa. Aproxima-se cautelosamente da Berggasse, uma rua assim chamada porque sobe em rampa íngreme a partir da artéria principal. Fica no coração do bairro, e quase todos os judeus de classe média moram na vizinhança. As ruas são estreitas e há pouco tráfego. As casas maciças, construídas no século XVII, são tipicamente vienenses, com algumas lojas ocupando a parte térrea. Há um açougue no número 19. O açougueiro chama-se Sigmund e tem sua placa afixada na entrada principal, do lado oposto à placa do *Prof. Dr. Sigmund Freud*. Engelman pensa em fotografar a imagem contrastante, mas seria muito arriscado, poderiam perceber.

Dentro da pequena valise, conseguira condicionar, para não chamar atenção, duas câmeras excelentes: uma *Leica*, a primeira portátil de 33 milímetros, com lente de 5 centímetros, e a *Rolleiflex,* tamanho compacto, coberta de couro, com peso reduzido, ótica superior e um visor muito nítido; a preferida pelos fotógrafos profissionais. A ideia é fotografar o escritório e o gabinete contíguo, a biblioteca, o divã e toda a coleção de arte, antes de ser encaixotada.

Preciso usar de muita discrição, pensa Engelman, farei várias imagens em preto e branco, sem usar *flash* ou abrir muito as cortinas. Não quero mostrar apenas o consultório e a sala de tratamento privado, mas encontrar uma forma criativa de fotografá-los com estas câmeras. Como a iluminação desempenha um papel fundamental, o melhor momento seria ao nascer do sol... Como vou registrar um objeto tridimensional? O que o Doutor Freud vê da sua escrivaninha enquanto escreve? Que características e detalhes de cada escultura o interessam mais?

Colunas de mármore enfeitam a entrada da parte principal, larga o suficiente para entrar uma carruagem e seguir adiante até o jardim, pátio coletivo com uma árvore frondosa. À esquerda, os aposentos da *Hausmeisterin,* e à direita, os degraus que dão acesso ao apartamento da família Freud, no primeiro andar.

Tudo silencioso. Uma criada me recebe depois que bato levemente à porta. Faz um movimento indicando que posso entrar e segura meu chapéu. Sinto algo opressivo no ar. Passo pela sala de espera, que tem uma janela que dá para o jardim. Ali está a mesa arredondada e sólida onde ocorriam, no início, *as reuniões das quartas-feiras*. Atravesso uma porta dupla, que garante isolamento absoluto, juntamente com as cortinas que revestem as paredes, e chego à sala de consultas, repleta de objetos de arte. Ali está o relevo de Gradiva, o quadro da aula de Charcot, o famoso divã (uma espreguiçadeira bem acolchoada, sobre a qual um paciente pode se esticar de maneira confortável). Percebo que o *Herr Professor* conseguiu criar um lugar acolhedor para receber seus pacientes e enfrentar o inverno vienense. Colocou até um aquecedor ao pé do divã e vários tapetes leves de lã pelo chão, que envolvem a todos com calor e bom gosto. Começo a compreender melhor o motivo para que eu fotografe tudo como ainda está.

Tenho os olhos fixos em Gradiva, quando o Doutor Freud entra na sala e fala:

– *Guten Morgen, Herr Engelman.* Apaixonei-me por esta figura em relevo. Ganhei-a no Natal de 1908, do meu amigo Karl Abraham.

– ...

– O divã me foi dado por uma paciente, a senhora Benvenisti, em 1891, quando eu tinha só trinta e cinco anos. O tapete foi tecido por mulheres nômades de uma tribo no sul do Irã... Sinta-se à vontade, por favor.

Freud aperta-me a mão e se encaminha para o gabinete, fazendo sinal para que o acompanhe. Sua fisionomia está serena e digna, os olhos atentos, penetrantes. Veste um belo terno, e sua aparência me faz supor que se trata de um homem discretamente vaidoso.

Mais alguns passos, e entramos na sala de estudos coberta de livros e outros objetos de arte. Quando se admira as imagens, é difícil entrar num lugar assim e não ficar tomado de emoção. A mesa em que ele escreve não é muito grande e está abarrotada de antiguidades gregas, assírias e egípcias. Tudo muito limpo e organizado. Peço-lhe licença, abro minha maleta e começo a preparar o equipamento.

Eu me conheço no assunto, porém até um leigo saberia que são objetos de todas as civilizações: vasos, estátuas, gravuras em relevo, bustos, fragmentos de papiro, pedras preciosas, ilustrações. Este gabinete é um museu: objetos sagrados, brasões, bandagens de múmias, imagens de esfinges, amuletos eróticos, ferramentas neolíticas, daguerreótipos dos primeiros tempos...

– Não imaginava encontrar tantas raridades, meu senhor.

– Comprei a primeira obra de arte em 1890, depois da morte do meu pai. Levei muitos anos para adquirir esta coleção. Investi muito em livros e depois em antiguidades. Espero que não seja o último a vê-la.

Diz isso com um meio sorriso e complementa:

– Como o senhor pretende trabalhar?

– Pensei em fotografá-lo na escrivaninha e depois na poltrona.

– Concordo, este grande vaso oriental, atrás do meu *bureau*, tem cerca de dois mil e duzentos anos.

– E as esculturas?

– Eu não consigo escrever sem tê-las por perto. A escultura sempre foi a minha forma artística predileta.

Enquanto posiciono o equipamento, penso que preciso deixá-lo bem à vontade e pedir-lhe que me indique o ângulo que mais aprecia. O visor mostra uma imagem reduzida do medidor de distância, o que dá um panorama de como será captada a imagem, a visão que Freud tem junto à escrivaninha, se olhar para a frente, à esquerda ou direita. Devo captar a figura inteira? O que escolher? Posso tentar reproduzir esta gravura impressionante de Max Pollak, feita em 1914, que também mostra o Professor trabalhando neste lugar.

– *Herr Engelman*, estas estátuas estão praticamente nas mesmas posições, salvo a Cabeça de Osíris, que movi para a direita, colocando-a próximo dos membros de sua família. Osíris era a divindade mais popular, adorada por reunir os papéis de deus, homem e salvador. Também quero uma fotografia desta coroa decorada com a serpente sagrada do Egito. Seus olhos, com órbitas agora vazias, outrora tiveram pedras preciosas incrustadas.

– E esta escultura pequena, bem na sua frente? Não consigo tirar os olhos dela.

– A maioria a ignora, tem apenas uns dez centímetros de altura... Acho que me mandaram o artista certo.

Desloco o olho direito do visor e inclino a cabeça, lisonjeado. Ele prossegue:

– Esta Atena, minha favorita, comprei-a em algum momento depois de 1914; gosto de me sentir sob a sua proteção, por isso a coloquei neste lugar de honra. É uma peça do século primeiro antes de Cristo.

Freud fica pensativo, e eu aproveito para examinar seus livros: Goethe, Shakespeare, Schiller, Heine, E.T.A. Hoffmann, Zola, Dickens, Mark Twain...

– Não podemos esquecer os meus charutos.

– *Natürlich, Herr Professor*... Sem eles nada seria real.

Foi assim que o famoso Sigmund, o da placa da direita, deixou-me fotografá-lo em março de 1938, em seu gabinete, na *Rua da Colina*.

III
CAVEIRAS DE GIZ NA CALÇADA

Desci a rua e parei em frente à entrada: Berggasse 19. Era lá. Havia largos degraus de pedra e uma balaustrada. Às vezes eu encontrava alguém que descia a escada em curva. Tinha duas portas no andar: a da esquerda, da família Freud; a da direita, a profissional.

Os deuses estavam guardados em prateleiras organizadas. Eu não estava sozinha com ele. O Professor Sigmund Freud é como o curador de um museu cercado por sua inestimável coleção de tesouros gregos, egípcios, chineses, pré-colombianos...

– Hilda Doolittle, és a única pessoa que entrou nesta sala e olhou para tudo dentro dela antes de olhar para mim.

Em 1933, fui analisar-me com Freud; as sombras já estavam se estendendo em Viena. Primeiro os *slogans* pelo chão, as suásticas de papel dourado, confetes em que se lia *Hitler dá pão, Hitler dá trabalho*. Um tempo depois as suásticas eram de giz, eu as seguia pela Berggasse como se tivessem sido desenhadas para mim, especialmente para mim. Elas me conduziam à porta do Professor, eram como caveiras de giz na calçada.

Depois vieram os fuzis. Não eram armas alemãs, mas talvez fossem; de qualquer modo, esses soldados eram austríacos. Quando fui abordada em uma das ruas principais, eu disse, em meu alemão precário, que estava visitando Viena. Chamavam-me de a senhora inglesa do hotel, então eu disse que era da Inglaterra, o que de fato eu era. O que a senhora veio fazer aqui? Aonde está indo? Eu disse que estava indo à Ópera, se não os estivesse perturbando ou atrapalhando seu caminho. Houve alguns sussurros e confusão e fiquei constrangida ao perceber que atraíra atenção dos oficiais e fui acompanhada quase por uma guarda de honra até as escadas do teatro lírico, onde havia mais armas e soldados. Parecia que nada, de forma alguma, poderia deter a Ópera. Depois, eu devia ir para minha sessão costumeira.

Um dia cheguei à Berggasse e a pequena criada espiou por uma fresta da porta, hesitou, depois me fez entrar furtivamente. Ela não estava usando a touca e o avental tão bonitos. Evidentemente não me esperava.

– Mas ninguém veio hoje, ninguém saiu de casa.

– Tudo bem, eu explicarei ao Professor, caso ele queira me ver.

Ela abriu a porta. Esperei, como de costume, na sala com a mesa redonda, a miscelânea de revistas e jornais velhos. As fotos emolduradas de sempre; entre elas, Havelock Ellis e Dr. Hanns Sachs saudavam-me da parede. Lá estava o diploma honorário concedido a Freud na mocidade por uma pequena universidade da Inglaterra. Longas cortinas de renda na janela...

Após curto intervalo, o Professor abriu a porta interna. Então, sentei-me no divã.

– Mas por que a senhora veio? Ninguém veio aqui hoje, ninguém. Como está lá fora? Por que saiu à rua?

Ele parecia perplexo e não entendia o que me trouxera. Eu estava ali porque ninguém mais veio.

O mestre estava sentado quieto, um pouco triste, à primeira vista, absorto. Tive medo, então, como acontece muitas vezes, de invadir, perturbar seu recolhimento, esgotar sua vitalidade. Minha imaginação vagava à vontade; meus sonhos eram reveladores. Os pensamentos eram coisas a serem recolhidas, analisadas, arquivadas ou resolvidas. Descobria-se ideias fragmentárias, aparentemente sem relação. Os mortos estavam vivos na memória ou eram lembrados em sonhos. Havia um cheiro de couro e a combustão lenta do seu doce e aromático charuto. E o crepitar da lenha no aquecedor, com seu calor agradável, mas em um momento, me senti um pouco gelada. Sempre encontrava a manta, de forma cuidadosa, dobrada aos pés do divã quando chegava. Era Paula que vinha do *hall* e dobrava a manta ou era o analisando anterior que, como eu, o fazia com cautela antes de ir embora? Aplainei as dobras da manta e olhei para o relógio de pulso.

– Eu fico de olho no tempo, direi quando a sessão acabar. A senhora não precisa ficar olhando como se tivesse pressa de ir embora.

Toco com os dedos a pulseira de meu relógio, enfio minhas mãos frias sob a manta. Deitada neste divã, sinto que devo, em algum momento, relembrar a raiva do meu pai.

Há um frio gelado no ar. O sol brilha, o papel arde lentamente aos nossos pés e papai diz:

– Sei que lhe falei para não tocar na lente de aumento, no tinteiro, nem pegar a tesoura, nem o pote de cola para seus soldados de papel. Achei que estava entendido que não deverias tocar em nada que está sobre minha mesa.

Freud é retirado daquela vivência em tempo real. Então, materializa-se diante dele um *bouquet* de gardênias e as cartas poéticas de Hilda Doolittle. Olha para o divã e pensa: Asseguro que todos somos poetas, e que só com o último ser humano morrerá o último poeta.

Hitler foi designado chanceler da Alemanha em 30 de janeiro de 1933. Em poucos meses, liquidou os partidos políticos, as instituições parlamentares, a liberdade de expressão e de imprensa, as universidades e organizações culturais independentes. Em 10 de maio, os nazistas incluíram Freud, de maneira indireta, nas perseguições: em torno de vinte mil livros foram queimados em praças públicas e centros universitários, a maioria de bibliotecas. No ano seguinte, seus livros foram incluídos na lista negra dos poetas, romancistas, cientistas, como: Einstein, Marx, Kafka, Thomas Mann, Stefan Zweig... mais de três mil obras.

Esta era a moldura do que se vivia. Apesar da atmosfera amedrontadora, o trabalho ainda não havia sido interrompido. Eu estava fazendo cinco horas de análise por dia. Não podia deixar meus aposentos; meu coração não se permitia a conquista da escada. A energia foi cortada e ninguém podia sair à rua sem identificação. Eu pensava: Se os nazistas vierem para cá, e com eles uma injustiça como da Alemanha, então, será necessário partir. Não queria sair e, ao mesmo tempo, pensava no futuro da psicanálise. Era estranho, não sei explicar, não era novo ou alheio, contudo havia algo de familiar e que somente se alienou pelo processo do recalcamento.

Minha preocupação continua sendo a sobrevivência da psicanálise. O trabalho de toda a minha vida pautou-se por um único objetivo, criar uma ciência da alma.

Em 1933, o chanceler Dollfuss pôs na ilegalidade os social-democratas e o pequeno partido comunista. Alguns foram presos, outros executados. No ano seguinte, o chanceler foi assassinado por nazistas austríacos. Eu não estava fumando nem escrevendo, em 1935, mas Moisés não abandonava minha imaginação. Max Schur, meu médico, indignado com os acontecimentos, não receitava medicamentos fabricados na Alemanha. Os nazistas pilhavam sinagogas, armazéns e residências judaicas. Em pouco tempo, marchas alemãs substituíram as valsas nos cafés.

Quando encontrei com a Princesa Marie Bonaparte, não existia a Sociedade Psicanalítica de Paris. Graças a ela, e sua devoção absoluta, eu esperava propagar o meu ensino na França. E, no final da primeira parte de sua análise, ela voltou para Paris com este encargo.

A morte de Ferenczi deixou vaga à vice-presidência da Associação Internacional, fundada em 1910, e propus Marie Bonaparte, não só porque podemos apresentá-la ao mundo, mas porque é uma pessoa de grande inteligência e capacidade de ação. Com a maturidade e, agora, após o casamento da filha, poderá dedicar-se inteiramente ao trabalho analítico. Não preciso mencionar que ela mantém o grupo francês unido. Além disso, convidar uma leiga para ocupar um cargo tão elevado foi uma demonstração clara contra a arrogância indesejável dos médicos, que gostam de esquecer que a psicanálise, afinal, não é uma parte da psiquiatria.

A Sociedade Americana de Psicanálise é de 1911; na Rússia e na Ucrânia, onde eu já era muito conhecido em 1914, havia Sociedades de Psicanálise em Moscou, Petrogrado, Odessa e Kiev. A Sociedade de Paris só foi oficializada em 4 de novembro de 1926, com Laforgue presidente e a Sra.

Sokolnick, vice; ela, uma polonesa, tornou-se a primeira pessoa a praticar a psicanálise na França. Começaram os conflitos sobre a questão da psicanálise leiga. Publiquei um artigo sobre esta questão e fui muito combatido, inclusive por alguns discípulos. Em 1928, ocorreu a fundação da Associação Médica de Psicanálise pelos dissidentes.

Havia a intenção de processar a Sra. Sokolnick por exercício ilegal da medicina. Estudou dois anos com Carl Jung na Suíça e foi para Viena fazer uma análise didática comigo e depois com Ferenczi, em Budapeste. Laforgue foi analisado por ela. As Sras. Paulette Laforgue e Ariane de Saussure também exerciam a psicanálise e não eram médicas. Theodor Reik já havia sido ameaçado com o mesmo tipo de processo.

Na minha opinião, qualquer um pode exercer a psicanálise, desde que tenha adquirido uma formação teórica e técnica, possuindo ou não diploma de medicina. A psicanálise, apesar de ter nascido entre médicos e judeus, há muito tempo não constitui assunto puramente médico, nem hebraico. Eu nunca impedi ninguém que se interessasse por ela, no entanto a pessoa tem que se analisar. A única regra para um psicanalista, seja qual for seu grau universitário e sua religião, é submeter-se à análise didática e, em seguida, a uma supervisão.

Insisto na formação, mas não quero instalar a psicanálise numa torre de marfim. Quero sua interlocução com todas as formas de conhecimento. Considero importante respeitar a liberdade intelectual. Penso em criar, no futuro, uma escola superior de psicanálise com a autonomia no registro psíquico em relação ao substrato fisiológico. E que englobe a história das civilizações, mitologia, literatura.

IV
UM PROFETA DO ANTIGO TESTAMENTO

Um pequeno monomotor, saído de Praga, aproxima-se de Viena. No céu concorrido, aviões militares alemães intimidam os vienenses; outros tantos estão estacionados no aeroporto. Ernest Jones chega com a incumbência de convencer Freud a deixar a Áustria. Desembarca sob o peso da missão.

Tantas vezes, eu, outros amigos e familiares pedimos que parta para o estrangeiro e cumpra a sina de seus ancestrais... Mas Freud vem resistindo ao longo dos anos. Mesmo neste momento crítico ainda se mostra indeciso em admitir que não existe outra alternativa. Alguns de nós pensaram que ia passar. Porém a perseguição só aumentou.

Recebi, no início do mês, uma pequena carta de Freud: *A situação parece cada vez mais sombria. Não há meios de impedir a invasão nazista e seu desgraçado cortejo para a psicanálise e o resto. Caça aos social-democratas e rejeição aos judeus. Fim da Áustria.* Depois, o telegrama: *Hitler em Viena.*

Um vento gelado bate no rosto de Ernest, entrando-lhe pelo peito, forçando-o a abotoar o casaco assim que desce do pequeno avião. Caminha apressado até a área de desembarque. Cumpre as formalidades legais, exibe seu passaporte britânico, sendo obrigado a uma longa espera. Finalmente, consegue sair com sua maleta e dá o endereço da editora, Rua Berggasse nº 7, ao taxista. Combinara com Anna Freud de ir primeiro na *Verlag* psicanalítica.

Mal o carro entra na larga avenida em direção ao centro da cidade, ele retoma sua preocupação. Relutando a imigrar para a Inglaterra, Freud respondeu-me: *Permanecerei no meu posto por tanto tempo quanto possa resistir.* Ele não é arrogante, como muitos pensam, é obstinado. Mantém-se firme em suas convicções.

Ao passarmos pela Catedral de *Sankt Stephan*, o telhado multicolorido fascina-me. Admiro as torres com mais de cento e trinta metros; o sol se reflete nelas e me ofusca. Sobreviverão? Milhões de pessoas sofrendo com o nazismo na Alemanha. Até leis foram criadas contra os judeus: não podem se casar com alemães, possuir carro, rádio, animais de estimação e, por último, podem ter os bens confiscados. Enganei-me de inimigo combatendo os marxistas freudianos? Sempre defendi uma política a dar sobrevivência à psicanálise na Alemanha, na Áustria e Itália. Em nome da neutralidade e apolitismo, não apoiei nenhum dos freudianos de esquerda. Levamos tempo para compreender que estávamos lidando com uma guerra de outro tipo, da destruição e do extermínio de uma raça. Aceitei colaborar com os nazistas. A psicanálise é uma ciência, deve permanecer neutra, o que ainda acredito e fui apoiado no início.

Em 1936, a Sociedade Alemã de Psicanálise passou a ser controlada pelos nazistas e todos os membros tiveram que estudar, o *Mein Kampf*. O livro de Hitler é utilizado como base para o seu trabalho; todas as formas de psicoterapia devem inocular nos pacientes as ideias nazistas. Kretschmer exonerou-se do cargo, prontamente preenchido por Carl Jung, que se tornou também editor do órgão oficial, o *Zentralblatt für Psychotherapie*. Ele assumiu a *honrosa* tarefa de fazer a discriminação entre a psicologia ariana e a judaica. Mesmo assim, Jung foi afastado e um primo do *Führer*, feito presidente, proibiu todas as análises didáticas. Não se pode mais usar nenhum termo psicanalítico. Agora só me resta ajudar judeus a deixarem a Alemanha e emigrarem.

O táxi chega ao prédio da editora, e Ernest Jones fica assustado ao desembarcar. Não pode mais recuar e caminha entre os soldados que ocupam o local. Sua aparência distinta, olhar altivo e passo marcial parecem intimidar aqueles jovens armados. Consegue subir as escadas e chegar à porta escancarada da *Verlag*. Mesmo esperando o pior, fica surpreendido ao ver Martin Freud sentado num canto. Enquanto alguns homens revistam os arquivos, um deles conta notas de dinheiro retiradas de uma gaveta aberta. Mal Jones abre a boca e recebe voz de prisão. Falando um alemão quase perfeito, pede para comunicar-se com a Embaixada Britânica, para a qual traz apresentações especiais. Depois de algum tempo de detenção, é liberado e decide ir à casa de Freud, ali bem perto. Agora terá de convencê-lo de qualquer maneira.

Aproximo-me da Berggasse número 19, um prédio de seis andares de estilo neo-renascentista italiano, onde a família Freud reside desde 1892. Sou recebido por Martha, que não me deixa falar e me conta que a casa fora invadida por fanáticos nazistas. O próprio Freud recebe-me e o percebo calmo, e fala:

– Eles forçaram a entrada e Martha os recebeu com hospitalidade, o que os deixou embaraçados. Pegou um dinheiro que era para as despesas da casa e colocou as notas sobre a mesa. Os senhores não querem servir-se? E pediu a Anna que os levasse até o cofre que fica em outra sala. Levaram cerca de oitocentos e quarenta dólares.

Martha completa a narrativa:

– Sig foi despertado pela balbúrdia e cravou neles aqueles olhos esfogueados que conheces, perturbando ainda mais os invasores.

– É bondade da Martha. O que poderia fazer um velho como eu? E acreditas que ela os levou até a soleira da porta e lhes disse que poderiam voltar outro dia?

– Não vi, mas acho Martha capaz disso, e posso imaginar o desconcerto deles com teu olhar que faria inveja a qualquer dos profetas do Antigo Testamento...

Martha pergunta se aceito um chá e deixa-nos a sós. Ainda impactado pelos acontecimentos, penso na coragem intrépida de Freud, que é seu dom mais precioso. Apesar de tudo, meu amigo ainda está inclinado a permanecer em Viena. E diz isso acompanhado de um vigoroso sacudir de cabeça:

– *Nein. Nein. Nein!*

Só então lhe conto o que aconteceu comigo na editora e insisto na urgência da partida. Logo depois, Anna chega com outras notícias. Martin ficou preso o dia inteiro, mas não encontraram documentos comprometedores.

Uma semana depois acontece o pior. A Gestapo invade a casa e vasculha tudo, nada encontrando, porém levam Anna. Chego logo após este horror e mantenho com ele uma conversa franca e aberta. É quando me responde:

– Me encontro muito fraco para viajar para onde quer que seja. Não consigo nem subir, sem ajuda, um degrau um pouco mais alto, como os que exigem os trens. E sei que os estrangeiros não são bem-vindos nestes tempos em nenhum país, especialmente os judeus. Estou, como se costuma dizer, dentro da minha trincheira.

– Quero apenas que me permita sondar se a Inglaterra não abrirá uma exceção.

– Não posso deixar o meu país, seria como um soldado que desertasse de seu posto.

– Lembra o que disse Lightoller, o segundo oficial a cargo do Titanic, ao ser interrogado? Perguntaram em que momento ele havia deixado o navio, ele afirmou que não havia abandonado o seu posto, mas o navio é que o havia abandonado.

Freud me olha e eu fico sabendo. Muitas dificuldades ainda estão por vir, sobretudo a obtenção dos passaportes, no entanto eu supero a primeira e mais dura delas.

V
VIENA, CIDADE EM DESORDEM

A chuva cai furiosa. Bate no telhado, nos galhos mais altos e escorre pelas bordas das copas das árvores. Da janela, através de um manto d'água, vejo a cidade de outra perspectiva. Como judeu, sou considerado um inimigo, até suásticas pintaram no meu prédio. Viena está transformada num pesadelo. As ruas tomadas de soldados e tanques, após a invasão da Áustria em 12 de março de 1938. Em pouco tempo, espoliação das empresas judaicas, incentivo aos delatores e deportação para os campos de concentração. Eu soube de tudo pela leitura do jornal *Das Neue Tagebuch,* editado na França. As notícias de perseguição aos judeus quase nunca aparecem na imprensa germânica, mas se espalham no Exterior. Como escrevi para Marie Bonaparte: *O mundo está se tornando uma enorme prisão, e a Alemanha é a pior delas.* Os nazistas dificultam a saída. Forçam-nos a ir embora, entretanto não dão os vistos e cobram pesados *impostos* de emigração. O governo britânico não acolhe refugiados judeus; minha partida tem que ser negociada.

No dia 13 de março, escutei pelo rádio a proclamação oficial, feita por Hitler, da anexação da Áustria à Alemanha. Marie chegou dia 17 e, desde então, ela e Anna revisam os papéis e separam os que não devem ir para Londres. Martha e Paula, nossa governanta, também se ocupam de arrumar nossos pertences para o exílio. Começaram a guardar os cristais e porcelanas. Vamos tentar levar os móveis que estão aqui desde o casamento.

O momento é tão penoso que meu pensamento dispara para outros instantes. Quando o relojoeiro do andar inferior desocupou o imóvel, tomamos posse. Oito anos depois, a minha irmã Rosa deixou seu apartamento, que se localizava na frente do nosso, e aluguei-o para dar mais conforto para a minha família, mais espaço para os livros e antiguidades. Ocupamos o andar inteiro. Naquela ocasião, destruí um grande número de documentos e cartas. Cada mudança exige muito de nós. Martha tinha razão, o apartamento era apertado para a nossa família depois do nascimento de Ernst, Sophie e Anna. Em 1919, outra destruição: rasguei todos os sete ensaios que escrevi durante a guerra, quando as ideias revolucionárias alvoreceram. E já ia esquecendo daquela vez, em 1885, quando destruí tudo o que anotei desde os quatorze anos. Cartas, apontamentos científicos, os manuscritos dos meus trabalhos. Todos os meus sentimentos e ideias sobre o mundo em geral e em particular, na medida a que a mim diziam respeito, foram julgados indignos de subsistir. Agora, todos esses papéis se espalham a minha volta como ondas de areia em torno da esfinge.

Marie me chama, a voz chega abafada, vinda de longe, e pergunta a respeito de alguns documentos que joguei fora. A pilha dos que devem ser eliminados é enorme, precisamos olhar um por um, antes de queimá-los, diz a Princesa. A rua está barulhenta e algumas pessoas gritam:

– *HEIL HITLER!*

– *HEIL HITLER!*

Enojado, busco refúgio em outra carta que escrevi para Karl Abraham: *Não tenho nenhuma ilusão sobre o fato de que o tempo florescente da nossa ciência sofreu uma violenta interrupção, que um mau período nos espera, e que a única coisa que podemos fazer é manter acesa uma brasa...*

Ele coloca na lixeira o *Projeto para uma Psicologia Científica*, que Marie retira e guarda, sem que perceba, pois continua olhando para o nada e rememorando a carta:

... mas o futuro próximo, o único em que posso estar interessado, parece-me que se mostra desesperadamente nublado, e não levaria a mal o fato de ver qualquer rato abandonar o navio que soçobra. Mantenha-se firme, até que voltemos a nos encontrar.

Freud levanta-se da cadeira perto da janela e percorre o ambiente onde trabalhou por tantos anos. Estes móveis estão impregnados do cheiro dos meus charutos, as cortinas absorveram muitas palavras, por estes tapetes pisaram tantos pacientes que me ensinaram com meus erros. Os livros, alguns milhares, e as antiguidades, cerca de duas mil peças. Tudo está se desfazendo... Nestes momentos em que aguardo para sair de Viena, e pondero sobre o meu destino, sinto um ímpeto de escrever ao meu filho Ernst e dizer-lhe que, se ficasse rico, ao chegar a Londres, começaria uma nova coleção. Eu preciso de um objeto para amar.

Meus livros... Aprendi a ler com minha mãe aos cinco anos e logo me interessei por histórias bíblicas. Na primeira recordação afetiva com os livros, eu devia ter uns quatro anos. Arrancamos com alegria e entusiasmo, minhas irmãs e eu, as folhas com imagens coloridas de uma viagem à Pérsia. Com oito anos, descobri a literatura. Tenho muitos volumes dos meus autores preferidos, muitas obras de arqueologia, religião, arte e, principalmente, romances e poemas.

Anna separa as cartas de família, os artigos para os congressos, e da Sociedade Psicanalítica que está proibida. Congressos... Era como Fliess e eu chamávamos nossas longas conversas. Falávamos de filosofia, mitologia, histeria. Marie adquiriu as cartas que a mulher de Fliess vendera. Ela as guardou em segurança; se dependesse de mim, as destruiria. Foram muitos os detalhes íntimos que confidenciei. Em 1895, afirmei que minha mulher estava desfrutando de uma sensação de renascimento, visto que, por um ano, ela não precisaria esperar um filho por estarmos vivendo em abstinência. Tivemos seis filhos em nove anos. Minha pobre Martha vivia atormentada.

Ao olhar para a sala de tratamento particular, levo a mão ao rosto. Anna observa de longe, enquanto guarda, com cuidado, mais alguns livros. A cada semana, as lesões da cavidade bucal se expandem, os tecidos necrosados causam-me dores terríveis e necessitam de limpeza diária. O câncer alastrou-se até a base da órbita. Diminuí o ritmo de trabalho. Sempre acreditei que a produtividade devia aumentar nos momentos de desânimo ou de abatimento pelo estado de saúde. Todas as noites, das vinte e três horas até duas da manhã, eu transpunha para o papel tudo o que fervia dentro de mim. Converso pouco, a mandíbula fica travada. Nunca me adaptei com o *monstro*. Charcot estava certo, *la fonction fait l'organe,* os histéricos compensam a deficiência de um órgão aumentando o funcionamento de outro.

Antigamente eu mesmo empacotava as minhas esculturas. Eu precisava da companhia dos deuses para escrever. Por isso, quando viajava, reproduzia este ambiente. Alguns achavam estranho; o fato é que eu costumava levá-las, algumas peças, é claro, durante as férias, e muitas vezes as colocava na mesa diante de meus olhos. Como trabalharei em Londres? Gosto de tocar as superfícies sulcadas pelo tempo, assim consigo a experiência palpável com a antiguidade. O tempo não cessa no inconsciente, e tudo se enlaça por similaridade.

O Professor dirige-se para a sala onde estão Marie e Anna. Caminha com as mãos para trás, apoiadas nas costas, na altura dos rins, e as observa.

Minha filha manuseia, com a mesma afeição que eu, as obras de arte. Adquiri no Egito os primeiros originais. A pequenez das peças me trazia a vantagem de poder transportá-las. Em todos estes anos, estreitou-se uma relação íntima entre nós. Somos avessos a tudo que possa parecer sentimentalismo. Somos igualmente reservados em relação aos afetos; há uma compreensão mútua, profunda e silenciosa. O seu reconhecimento profissional foi o meu consolo, e suporto este tempo de angústia na esperança de poder salvar o ser que mais me dedica cuidado e, sem dúvida, quem mais amo neste momento.

Tenho que me desfazer de muitos livros, uns oitocentos, calculo; vendi a coleção de arte inteira para um livreiro. Estamos acondicionando meus tesouros, não sei se retornarei a vê-los. Marie Bonaparte tentará tirar algumas estatuetas clandestinamente. Durante estes dias em que está conosco, percebendo minha exaustão, decidiu parar um pouco e me fotografar, como o fez em outros momentos. Quer um registro particular. Eu na minha escrivaninha, Ísis amamentando Hórus, a Cabeça de Osíris, Eros, Shabti de Imhotep, Amon-Ra, o Babuíno de Thoths... Minha querida Princesa, a paixão pela arqueologia revela que cada um de nós está ligado à universalidade humana. Do visor ela observa como estou triste, mas conformado. E lhe digo:

– Para mim chegou o mau humor da velhice, a desilusão completa, comparável ao congelamento da lua.

– O senhor está parecido com seu pai.

– Meu pai era bem-humorado e simpático.

– E seu filho é um explorador do inconsciente, aquele que iniciou uma das grandes aventuras intelectuais do século XX.

– Princesa, eu lhe agradeço novamente por ter recuperado as cartas. Confidenciei com Fliess coisas que só se diz para um analista.

Marie Bonaparte guarda a máquina fotográfica e pensa que Freud não sabe guardar segredos. Ela levará para o túmulo a opinião de Martha sobre a obra de seu marido: *Eu me surpreendi, fiquei quase afrontada por ele tocar tão livremente na sexualidade. Foi quase de propósito que não tomei mais conhecimento do seu trabalho.*

VI
RECOMENDO A GESTAPO PARA TODOS

Já correm rumores no Exterior de que fui executado. Graças aos esforços de Ernest Jones, que retornou a Londres em 20 de março para acionar seus contatos, e de Marie Bonaparte, que trata da permissão do meu ingresso na Inglaterra, e à intervenção do Embaixador, tenho esperança de que conseguirei deixar Viena.

Todas estas formalidades me desgastam. William Bullitt, Embaixador americano na França, amigo pessoal do Presidente Roosevelt, solicitou ao Secretário de Estado em Viena que se encarregasse da obtenção dos vistos. Em Paris, Bullitt visitou o Embaixador alemão e alertou-o do escândalo de proporções mundiais se houvessem maus tratos à minha pessoa. Ele tomou medidas imediatas perante as mais altas autoridades nazistas.

Quando parecia impossível sair da Áustria, Anna perguntou:

– Não seria melhor se todos nós nos matássemos?

– Por quê? Por que gostariam que fizéssemos isso?

Esta pergunta da minha filha me envolve novamente no inferno do dia 22 de março, quando a Gestapo procedeu uma minuciosa investigação em nossa casa, sob o pretexto de procurar documentos antinazistas, mas não encontraram nada. Ao partirem, escoltados por três policiais fardados, com armas e baionetas caladas, levaram Anna com eles até o Hotel Metropole, seu quartel-general, para um interrogatório a respeito de atividades subversivas. Marie Bonaparte estava conosco; ela exigiu acompanhá-la, porém os esbirros não lhe deram ouvidos.

Anna é o centro da minha vida. Ela é boa, leal, competente, minha Antígona. Não tenho dúvida de que seu interrogatório pela Polícia Secreta Alemã convenceu-me da partida. Comecei a fumar um Havana atrás do outro para amortecer as emoções e não conseguia ficar parado, caminhava o tempo todo e, exausto, afundava por instantes na poltrona. Poucas vezes senti-me tão desamparado.

Mais um charuto; os fósforos carregam uma expectativa de apreensão. O perigo de Anna ser torturada e deportada para algum campo de concentração é terrível de suportar. O submundo abriu seus porões e soltou os espíritos mais baixos e revoltantes. Os judeus estão desaparecendo de Viena, e minha filha pode ser a próxima. Ela é tudo para mim. O que sinto é excessivo, todas as barreiras protetoras são vencidas pelo sinal iminente de perigo.

Naquelas horas do interrogatório de Anna, voltou-me à mente o gesto do meu pai quando tiraram o seu *quipá* à força e ele não reagiu. Muito jovem, não aceitei aquela submissão. Mas agora eu o entendo.

Sinto-me culpado. Tantas vezes me alertaram para sair antes, e fui o maior obstáculo para a nossa partida. Até exigi sair com uma caravana de dezesseis pessoas... Nunca conseguiremos o dinheiro suficiente. Anna é o meu bem mais precioso.

Minha filha retornou às dezenove horas. Milhares de judeus prisioneiros ainda ignoram para onde vão ser deportados. Os psicanalistas fugiram, deixando vários parentes para trás por falta de visto ou certificado de inocuidade, indicando que pagaram a famigerada taxa de saída necessária a toda partida oficial.

Após algumas semanas de negociação, Jones obteve os vistos de entrada na Inglaterra e as licenças de trabalho. Marie, para evitar novas invasões, decidiu montar guarda nos degraus da escada. Paula contou-me depois que levava chá e chocolates para ela. Eu podia ver a cena: a Princesa com um chapéu encantador, um *vison* azul-marinho protegendo os ombros, luvas claras e uma bolsa de crocodilo marrom. Sentada na escada de nossa casa, envolta numa nuvem de jasmim, seu perfume preferido, e escondida de nós. Esta mulher consagrou a vida à psicanálise com entusiasmo e coragem.

Ninguém pode deixar legalmente a Áustria nazista sem um *certificado de inocência.* Um papel absurdo que só é obtido depois que o exilado em potencial obedece a todas as exigências financeiras, inventadas e multiplicadas pelo regime. São grandes somas de dinheiro a título de parcelas devidas como imposto de renda. Caso eu não pague, irão confiscar-me a biblioteca e as coleções. Estou pagando caro pela ameaça de nunca mais recuperar meus pertences.

Faltava assinar um último documento. Nossos passaportes chegaram ontem e conseguimos programar a viagem para o dia 4 de junho. Os nazistas não recusaram minha permissão de saída, mas me arrancaram o que podiam. Com minhas contas confiscadas, foi Marie quem pagou o resgate. Uma grande importância em *xelins* austríacos.

No dia da partida, eu deveria assinar a declaração obrigatória à Gestapo. Assunto que discutira com Ernest Jones há poucos dias:

– Acredito que tens altamente pronunciada a capacidade dos judeus de se manterem firmes diante da vida e frente à hostilidade que os cerca.

– Como me manter firme em minhas convicções e assinar o que me pedem? A moralidade é evidente por si mesma. Dizer a verdade, tanto quanto possível, tornou-se o meu ofício.

Freud está perturbado. Em sua imaginação, vai até o gabinete, senta-se na cadeira diante da escrivaninha (as estatuetas já não estão ali para defendê-lo), e abre a caixa de charutos.

Sempre gostei de vê-los agrupados em feixes de cores e, algumas vezes, escolher por intuição, na esperança de aclarar minhas ideias. Um bom charuto inebria-me e afasta o cansaço. Apreciar essas antiguidades sempre me deixa de bom humor.

Tens que assinar este salvo-conduto, todos me dizem. Mas como?! Lembrei-me de uma vez que escrevi a Ferenczi sobre meu desgosto pela vida e do alívio diante do pensamento de que há um termo a esta árdua existência.

Querem que eu afirme que nunca fui molestado, que nunca fui roubado. Aprendi com Charcot a olhar para as mesmas coisas, incessantemente, até que elas próprias comecem a falar. Atena, filha de Zeus, quando Perseu enfrentou a Medusa, tu o aconselhaste a usar o seu escudo como espelho. Que conselho me darás?

O humor é o que nos salva nestes momentos sombrios. Foi o que pensei quando queimaram meus livros: se fosse durante o período medieval não seriam meus livros que estariam na fogueira, seria eu.

Sozinho, diante dos meus conflitos e pressionado pela urgência do tempo, penso em tudo que escrevi, em tudo que acredito. O humor é rebelde e possibilita o triunfo do Ego contra o sofrimento. Já afirmei: quanto mais rigorosa é a censura, tanto mais chistosos são os meios de que se serve o escritor. Censura e distorção são, de maneira similar, determinadas.

Tenho que assinar este salvo-conduto:

Eu, Professor Sigmund Freud, abaixo assinado, confirmo que, depois da anexação da Áustria ao Reich Alemão, fui tratado pelas autoridades alemãs, e pela Gestapo, em particular, com todo o respeito e consideração devido à minha reputação científica, pude viver e trabalhar em plena liberdade, pude continuar minhas atividades da forma que eu desejava, pude contar nesse ponto com o apoio de todas as autoridades a esse respeito, e não tenho qualquer razão de queixa.

Quando o comissário nazista mostrou onde eu deveria assinar o documento, perguntei-lhe se era permitido acrescentar uma observação. Permissão concedida, coloquei:

Fui tão bem tratado que recomendo a Gestapo para todos.

VII
O EXPRESSO DO ORIENTE

A ansiosa espera está por terminar. Os dias que antecedem a partida são de intensa agitação. Finalmente, Freud escreve um cartão-postal para o seu sobrinho Samuel:

Minha residência provisória será na Elsworthy Road, Londres.

Com todos os documentos e vistos nas mãos trêmulas, coloca um casacão e um chapéu. Martha, com o cabelo em coque, veste uma capa. Anna, em complemento ao seu *manteau* favorito, usa uma charmosa boina francesa.

Fecho atrás de mim a porta do apartamento em que residi nos últimos quarenta e sete anos, onde cresceram meus filhos, exerci a psicanálise, escrevi a minha obra e vivi, praticamente confinado, neste longo inverno e primavera.

Meu médico, Max Schur, está impossibilitado de viajar porque foi operado de uma apendicite aguda. Serei acompanhado pela *Frau Doktor* Josephine Stross, uma pediatra, amiga de Anna. Conosco também partem Paula Fichtl, a nossa governanta, e a cachorra Chow-Chow, Lün-Yu.

Caminho até os dois táxis que pedimos, despedindo-me da Berggasse, a *Rua da Colina*. Sempre afirmei meu desagrado por Viena, hoje não posso negar que amei, sobretudo, a prisão da qual estou sendo retirado.

Outra guerra está próxima. É incrível, na anterior, meu filho lutou pela Pátria contra a Itália, povo que sempre amei, e agora estou sendo obrigado a sair porque não me consideram mais um cidadão da Áustria.

Minha língua é o alemão, minha obra é alemã. Considerava-me um intelectual da cultura alemã até iniciar o crescimento do preconceito antissemita. Desde então, prefiro dizer que sou judeu. Não por religião, nem por nacionalismo. Sou judeu por uma questão de emoções muito profundas de solidariedade com meu povo. Existe algo fundamentalmente judeu em mim, que pode ser transmitido ao longo das gerações. Sou herdeiro deste legado inconsciente e, por isso mesmo, não posso e não quero me livrar da condição de judeu.

Durante toda a vida, nunca tive qualquer dúvida acerca da direção correta a seguir. Mas hoje, neste dia 4 de junho de 1938, o percurso até a estação ferroviária é labiríntico.

Minha cunhada Minna, muito doente e quase cega, foi antes, levada por Dorothy Burlingham. Nossos filhos Mathilde e Robert, Ernst e Lucie, com nossos três netos, também nos esperam em Londres. Oliver e Henny, com a netinha Eva, estão instalados no sul da França. Martin deixou Viena para encontrar Esti e os filhos em Paris. Meu irmão Alexander e Sophie, sua mulher e seu filho Harry, pretendem ir para Londres e depois emigrar para o Canadá.

Engelman, ameaçado pela Gestapo, foi obrigado a deixar Viena, porém colocou os filmes em segurança. Devo-lhe muito, foi ele quem fez também as fotos de Martha e Anna para os passaportes.

Alexander e eu estamos deixando um pouco mais de vinte mil dólares para nossas quatro irmãs, Rose, Dolfi, Mitzi e Paula. Elas não têm condições de sair conosco. Não conseguimos os vistos, estão sem atividades há anos. As autoridades inglesas exigem que os exilados promovam seu sustento. Deveríamos comprovar que teriam condição de trabalhar. Elas são muito idosas e estão em uma área já isolada. Martha consola-me dizendo que, por serem velhinhas, os nazistas não farão nada contra elas. Marie Bonaparte não concorda com isso e prometeu-me que tentará levá-las para a França.

Quando eu viajava, nem sempre era possível levar toda a família, a maioria das vezes, por falta de dinheiro. Martha, ocupada com as crianças e todos os afazeres, muitas vezes não podia viajar e não conseguia acompanhar meu ritmo, mas eu desejava que se juntasse a mim naquela correria. Sempre achava injusto que ela não compartilhasse tudo comigo. Viajar era um dos meus prazeres, contudo agora é diferente.

A cada esquina nos afastávamos em definitivo de casa. Sou invadido por acontecimentos. Dia 13 de março foi a última reunião do Comitê Diretor da Sociedade Psicanalítica de Viena. Colocamos fim às atividades e decidimos que todos deveriam sair do país, e a sede se deslocaria para onde quer que eu fosse. Fiz meu último pronunciamento:

Depois da destruição do Templo, em Jerusalém, por Tito, o rabino Jochanar ben Sakkai pediu a Javé autorização para abrir uma escola dedicada ao estudo da Torá. Vamos fazer o mesmo. Estamos acostumados às perseguições por nossa história, pelas nossas tradições e, no caso de alguns de nós, pela própria experiência pessoal.

Chegamos à estação a sudoeste da cidade com bastante antecedência, como sempre fiz. Temos que apresentar a documentação. Retumbam ordens em meio a latidos de cães policiais. As formalidades não terminam. O tempo urge.

Anunciado de longe pelo arquejo e pela fumaça, o trem começa a diminuir a velocidade e vai se aproximando. Desde a sua inauguração em 5 de junho de 1883, o *Orient Express* é um dos trens mais importantes do mundo. A coincidência das datas agrada-me, sempre gostei de números e sou supersticioso. Uma locomotiva majestosa, não mais uma ilusão dos sentidos, desativa seus freios soltando uma lufada de fumaça dos tambores de ar comprimido, que se espalha pela gare. Cheiro de carvão, de ferro quente, e o som do atrito nos trilhos.

De pé, na plataforma, aguardamos que a polícia execute a inspeção no trem azul com detalhes em dourado, como o famoso distintivo da *Compagnie Internationale des Wagons-Lits*, exatamente a minha frente.

Despachamos a volumosa bagagem. Sinto um desgosto profundo. Tudo desmorona ao meu redor. As pessoas falam a língua universal da partida, e a cada alteração de luz e de ruídos, sinto o coração descarrilar.

Espero encontrar o caminho para a retomada do meu trabalho. O rabino viveu a catástrofe depois da destruição do Templo. Ele não perdeu a esperança: mandou construir a escola em Jabné. Na falta do templo, uma escola para que pudessem estudar os textos clássicos, comentá-los e fazer novas exegeses. Se isso salvou o judaísmo, poderá salvar a psicanálise.

A locomotiva apita. Os últimos silvos. Caminho em direção ao embarque sem olhar para trás. Com dificuldade, subo os degraus do meu vagão. Chego cansado à nossa cabine, com um estado de alma complexo, um misto de impaciência e tensão. Sem dúvida encaro o exílio com uma profunda ambivalência, em parte inconsciente. Embarco na última aventura. Uma viagem interminável. Temos que percorrer mil duzentos e trinta e seis quilômetros. Tudo pode acontecer no caminho.

Anna e eu espiamos pela janela para nos despedir. Toco meu chapéu em resposta ao cumprimento de um jovem. Um fotógrafo capta o instante. Ela olha diretamente para a câmera e sorri; eu aponto para alguém que está na plataforma. Nunca gostei de ser fotografado.

A máquina dá mais um tranco, tencionando a longa composição; é o sinal de que vamos partir. O comboio se põe em marcha, sem solavancos. Dirige-se com decisão e inesperada rapidez ao seu destino: Paris.

O sol desaparece atrás de um véu de neblina. Entrei no vagão com o coração vazio. Mas quero morrer em liberdade.

VIII
AS PRIMEIRAS HORAS NO TREM

A última luz do dia muda o interior do vagão. O trem abre caminho como num túnel de penumbra verde-escura. Percorre planícies sombrias, matas densas e montanhas. A imagem acelerada desfoca a paisagem.

Partimos de tarde, precisamente, às quinze horas e vinte e cinco minutos. Logo, apresenta-se a mim um funcionário da Embaixada dos Estados Unidos com instruções de garantir discreta proteção à nossa família. Vamos percorrer uns oitenta quilômetros, pouco mais de uma hora, até Linz, nossa primeira parada. Conseguirei descansar um pouco?

– Queres que eu coloque mais um travesseiro nas tuas costas, Sig?

– Lembras da viagem à Dalmácia, minha velha?

Freud pensa que as coisas boas da vida não perdem seu valor pela falta de permanência. Mesmo que durem um só minuto, ainda assim podem ser boas. Martha concorda:

– Foram duas semanas em Aussee, do final de agosto até metade de setembro de 1898. Pegamos um barco de Trieste para Ragusa.

– Sim, estava maravilhoso e quente, e nós com disposição e humor elevados, embora com os corpos cheios de picadas de mosquitos. Compras, zero. Depois te deixei em Merano, para que descansasses dos esforços da viagem, e fui para o norte da Itália. Meu ideal naquela época era um dia em cada lugar e caminhar quilômetros, sentir-me a bordo do meu próprio corpo, em contato com um movimento único, algo que brota do meu íntimo. Quem diria que minhas pernas perderiam o vigor?

– Lembro que a alimentação na Dalmácia era muito difícil... Está bem assim? Os travesseiros estão confortáveis?

– Senta um pouco aqui do meu lado, é bom conversar contigo. As ideias escuras surgem ao entardecer. Em Spalato, dedicamos um dia inteiro às antiguidades, no entanto não comprei nada e conseguiste gastar um pouco de dinheiro economizado na comida.

Martha acha graça e responde:

– Recebi um cartão-postal de Bréscia. Escrevias ao correr da pena e sabias exprimir teus afetos em poucas linhas, com palavras simples, mas bem escolhidas. Te preocupavas com a minha recuperação e disseste que tinhas trabalhado muito e que depois foste te *refrescar* vendo uns quadros, templos e museus. Fiquei cansada só de imaginar.

– Só tu para me fazeres rir, Martha. Eu estranhava estar sozinho, apesar de ser vantajoso para o estudo. O hotel era bom e barato e a exposição era de Moretto, onde conheci a *Coroação da Virgem,* um quadro maravilhoso.

Lembro que comprei algo para ti e um livro de Morelli e outro de Luca Beltrami.

– Estavas sempre preocupado com os presentes e lembranças. As crianças esperavam ansiosas por eles, é bem verdade, contudo também por notícias tuas e pelo teu regresso.

– Talvez eu estivesse com a consciência pesada. Se eu aproveitava sozinho, sentia-me egoísta, mas com pesar. Eu imaginava te trazer algo especialmente belo e não conseguia. Prometia uma reparação em Viena. As compras sempre me trouxeram as maiores dificuldades nas viagens.

Martha diminui a tonalidade da luz, e as palavras sussurradas, como uma voz de fundo ou uma brisa no jardim, protegem-me de pensamentos ásperos. O destino das minhas irmãs é incerto. Rosa, minha preferida... Minna ficará acamada em nossa futura casa em Londres. Mal entrei neste trem e já vivo a culpa do sobrevivente. A luz indireta ilumina o rosto de Martha, vejo-a como nos tempos idos, quando a conheci e como a via durante o noivado: esbelta, alegre, cabelos escuros, olhos expressivos, um pouco pálida, decididamente atraente. Uma vez lhe escrevi:

Tua linda fotografia. A princípio, quando tinha o original na minha frente, não pensava muito nela; mas, agora, quanto mais a contemplo, mais ela se assemelha ao objeto amado. Fico esperando que as faces pálidas corem, até ficarem como as nossas rosas, que os braços delicados se separem da superfície e peguem a minha mão, porém a querida fotografia não se move e parece dizer: Paciência! Paciência! Sou apenas um símbolo, uma sombra lançada no papel, a pessoa verdadeira vai voltar e então você poderá me esquecer outra vez.

Freud cochila, embalado pelo trem; Martha aproveita para ler um pouco. Durante toda a vida, só se permite estes pequenos prazeres depois de terminadas as obrigações. Gosta de Dickens, George Eliot, Thomas Mann, que costumava ir à sua casa para tomar chá.

Logo depois, Freud parece ficar inquieto. Martha olha para o rosto sofrido do marido e pensa o que não se animaria a dizer-lhe: Meu consolo é saber que, em mais de cinquenta anos de casamento, sempre tentei remover de seu caminho a miséria da vida cotidiana e não houve uma única palavra zangada entre nós. Freud agita-se. Ela larga o livro, aproxima-se, aumenta a luz de cabeceira e nota que sua fisionomia é de dor. Ele abre os olhos e pede para chamar a doutora; não quer decepcionar Anna, que merece um jantar agradável.

– Receio que esta viagem se torne demasiadamente penosa. Sempre tive desprazer com remédios e agora não vivo sem eles. Estou ficando cada vez mais dependente e acabo sacrificando a ti e a Anna.

Recebe a medicação, repousa mais um pouco, fica mal-humorado por alguns instantes. Logo depois já está mais disposto, vestido com um terno impecável.

O vagão-restaurante fica na parte central do trem. De um lado do corredor, coberto por um tapete estampado em vermelho, há mesas para quatro pessoas, onde nos sentamos em cadeiras com assentos de couro. Junto a cada janela, um *abat-jour*. As mesas arrumadas com um lindo arranjo de flores. Noto, entre elas, gardênias, que sempre me deixam de bom humor, estão entre as minhas preferidas.

– Estas flores, com suas aromáticas pétalas brancas, são tão belas quanto as senhoritas.

– Obrigada pela gentileza, Doutor Freud, diz Josephine.

Ele olha a carta de vinhos e chama o *garçon*. Martha tem razão, se conseguirmos não pensar o tempo todo no que deixamos para trás, talvez possamos ficar bem. Na casa de Londres, teremos jardim e árvores. Quero viver em um lugar tranquilo, onde possa promover o renascimento da psicanálise.

A rolha é retirada com suavidade. Freud examina o rótulo, para certificar-se do que lhe está oferecendo. Dá-se por satisfeito e o vinho escorre para o cálice. Cessado o leve girar, como um volteio de hábil esgrimista, aspira o aroma. Olhos cerrados, deixa que seu corpo interprete o sabor e que o espírito desfrute o momento de beber um bom vinho. A memória o faz degustar como antigamente. Vai tomar apenas um pouco; faz questão de estar lúcido.

– Este *Vinho Santo* do sul do Tirol é dos deuses. Podemos nos permitir algum excesso, toda iguaria deve ser apreciada na companhia de pessoas queridas. Quando só, muitas vezes, não me permiti degustar um bom vinho... Viram a lua? Cresce a olhos vistos.

O *garçon* aproxima-se mais uma vez e coloca os pratos servidos diante de cada um. A gastronomia conta com ingredientes da típica culinária francesa. Aguardamos em silêncio. Porcelana de Sèvres, cálices de cristal, talheres de prata, guardanapos de linho com o emblema dourado do *Orient Express*. Todos servidos, fazemos um brinde e iniciamos o jantar.

– Depois poderíamos ir ao vagão-bar, um ambiente tranquilo para tomar um café, escutar música. Se não estiveres cansado, é claro, diz Anna dirigindo-se ao pai.

– É o lugar ideal para um charuto, que tem melhor sabor depois de um prato requintado. E as senhoritas com seus belos vestidos... Seria uma pena não aproveitarem a ocasião.

– ...

– ...

– Permita-me contar à *mademoiselle* Josephine um curioso episódio?

– Como não!

A médica, que há pouco ministrara uma dose de anestésico no paciente, está surpresa com sua resistência e o acha um anfitrião encantador. Quando estiver a sós com Anna vai querer saber como o Doutor Max não lhe proibiu os charutos.

– Eu vinha sofrendo há um mês de constante e progressiva ofuscação mental, acompanhada de dores de cabeça severas que apareciam todas as noites. Finalmente, descobriu-se um escapamento de gás no cano que fazia junção com a minha lâmpada de leitura: eu inalava, durante muitas horas, o gás, mas a fumaça do charuto não me permitia detectar...

Todos riem e Freud ergue o relógio à luz do *abat-jour*, junto à janela, e acrescenta:

– Teremos uns trinta minutos para desfrutar o vagão-bar.

Anna responde:

– Sugiro que fiquemos juntos até onde possamos aguentar. Dificilmente conseguiremos dormir antes do Expresso do Oriente atravessar a fronteira da Alemanha.

IX
COM MOZART NO VAGÃO-BAR

Camareiros de uniforme azul caminham de maneira apressada atendendo pedidos. No estreito corredor, um passageiro quase esbarra em Freud.

– Não tolero homens mal barbeados. Sempre visitei, quando pude, o barbeiro e usei os melhores trajes que o meu dinheiro pode comprar.

Continuam o percurso, cada vagão deve ter uns vinte e oito metros de comprimento. De repente, Freud escuta ao longe uma melodia conhecida, *Ouverture*, que é como a introdução de um livro, os principais temas vão sendo apresentados. Mais alguns passos e estão no vagão-bar.

– Não é por acaso que o Expresso do Oriente é considerado um dos trens mais requintados e confortáveis, diz quase ao ouvido de Martha.

No fundo o piano-bar e, por sorte, encontramos lugares. Em silêncio, nos acomodamos nos sofás. Olho ao redor, tudo é elegante.

Quando escuto esta abertura, aprecio a parte em que os instrumentos estão subindo a escala, como se fosse um degrau de cada vez, como se fosse um aquecimento vocal. É o momento em que as cordas simbolizam a vingança que o destino reserva para Don Giovanni, o pesado caminhar da estátua que surge para puni-lo por seus pecados. É como se todos os instrumentos estivessem solando na minha cabeça. São picos de emoção, uma certa urgência.

Don Giovanni, galante libertino, incansável conquistador, é perseguido pelo marido de dona Anna, Don Pedro, a única que não cedeu a seus encantos. O aristocrata tem uma estátua na praça, que tomará vida. Escuto a música e vejo as imagens. É a minha ópera favorita. Um mito do legendário amante espanhol. Muitos escreveram sobre *Don Juan*, prefiro *El burlador de Sevilla,* de Tirso de Molina.

Wolfgang Amadeus Mozart fracassou porque deu um passo numa sociedade que ainda não estava preparada para tal. Queria ser um músico independente, porém isso só foi possível na geração seguinte, a de Beethoven. Ao longo da vida, esteve constantemente em busca de trabalho. A rejeição da aristocracia de Viena, as dívidas cada vez maiores e nenhuma perspectiva de satisfazer seus desejos íntimos, fizeram que ele morresse com o sentimento de que sua vida se tornara vazia.

Muitas vezes senti-me como ele em Viena. Os colegas não aceitavam meus estudos sobre a histeria. Quando passei a ter algum reconhecimento, aumentaram as críticas e os desentendimentos com a classe médica. Durante alguns anos, minhas obras foram ignoradas nos periódicos alemães ou desdenhosamente comentadas.

No entanto não é só por identificação com sua vida que gosto de Mozart; ele foi um gênio, um ser humano com talento e criatividade excepcionais. Nas partituras, nada fora do lugar, não apresentavam nenhuma alteração. As obras nasciam prontas. Ele tinha um domínio completo de todos os instrumentos, a expressão viva da memória musical.

De repente, aplausos. Cada um tem sua sensação. E Freud, ainda surpreso por escutar seu compositor predileto, diz:

– Toda verdadeira criação poética ou musical deve ter surgido de mais de um motivo, de um impulso na alma do artista, e permite, portanto, mais de uma interpretação.

– O casamento de Mozart e sua missa de corpo presente foram na Catedral de *Sankt Stephan*, em Viena.

– Sim, minha querida. E estamos nos aproximando de Salzburg, sua cidade natal. Lembra que subimos a Schafberg e fizemos alguns passeios com as crianças?

Anna está satisfeita com os agradáveis momentos desta noite ansiosa. Sabe que seu pai está no ambiente que gosta, sempre fora avesso à banalidade, mesmo em assuntos triviais.

Enquanto tomam o café, algumas pessoas enchem taças de *Champagne* e o líquido transborda, espumoso e saltitante.

– Não sinto o mesmo ânimo festivo, mas penso que agora devemos tomar um licor.

Retira os fósforos do bolso. O sabor de um bom charuto é como o gosto de uma boa comida. A riqueza dos aromas com velocidade de combustão diferente...

– Anna me contou que o senhor gosta de Agatha Christie. Ela é minha autora preferida, sobretudo desde que publicou, há quatro anos, o *Assassinato no Orient Express*...

– Deveria tê-la escolhido para esta viagem. Mas estou com Goethe em minha cabeceira. Tive que deixar quase toda a minha biblioteca, infelizmente. Trago comigo alguns clássicos e os livros de arqueologia.

– Meu senhor, posso servir os licores?

Freud está absorto em seus pensamentos. A eterna e mais profunda essência do ser humano, que todo o poeta tende a despertar em seus ouvintes, é constituída daqueles impulsos e sentimentos da vida anímica, cujas raízes penetram no período infantil... Acena com a cabeça dando permissão ao *garçon*. Olha para a janela e outra vez o relógio. Sente um leve desconforto. Passa a mão no colarinho, tentando soltar um pouco a gravata. Diz no ouvido de Martha que gostaria de ir para a cabine antes de entrarem na Alemanha.

X
O DESLOCAR DAS HORAS ENTRE UM VAGÃO E OUTRO

Deveria ter levado minha mulher e nossas filhas à ópera, fomos poucas vezes. Também aprecio de Mozart *As Bodas de Fígaro* e *A flauta Mágica. Carmem,* de Bizet, e composições de Wagner, Rossini. Afinal, ópera é música com palavras, e fui muito ao teatro quando jovem. Martha lamenta estarmos em um trem tão maravilhoso nestas circunstâncias. As cabines são equipadas com o que há de mais moderno: luz a gás, água quente e aquecimento central. Minha cama está impecavelmente arrumada. As demais permanecem transformadas em sala de estar. Afago nossa cachorrinha Lün-Yu, que se acomoda próxima dos meus pés. Os animais conhecem os seres humanos. Ela sente que não estou bem.

Neguei-me a ver que o nazismo se espalhava por toda a Europa. Demorei a compreender que nenhuma negociação era possível. Mas jamais olhei para Hitler de frente, nem pronunciei seu nome ou li o *Mein Kampf.* Ter adotado uma opção neutra, no início, foi um erro. Mas, com o meu consentimento, Ernest Jones iniciou, em 1935, a política de salvamento. Ele queria que a psicanálise se mantivesse na Alemanha, e não me opus. Isso foi uma colaboração com o nazismo e, no fim, as sociedades freudianas se dissolveram, e todos os psicanalistas judeus foram forçados a emigrar. Foi um desastre essa tentativa de manter a neutralidade, ingênua, eu diria. Neste ponto, ponho-me em desacordo comigo.

Enquanto isso, Anna e Josephine estão conversando no vagão-bar.

– Sim, papai gosta dos clássicos alemães: Goethe, Schiller. Mas os policiais, Conan Doyle, Agatha Christie, Dorothy Sayeres, Simenon, não saem da sua mesa de cabeceira. Ele sabe sempre quem é o assassino e se não acerta, se aborrece. Uma vez os americanos queriam contratá-lo para ajudar no desvelamento de um crime.

Anna fica um pouco pensativa e continua:

– Sempre amou os animais. Jofie, a outra cachorrinha Chow-Chow, que ganhou de presente de Dorothy Burlingham, deitava-se a seus pés sob a escrivaninha, roncava sossegada enquanto ele escrevia. No horário das refeições, ficava perto da sua cadeira. Até durante as sessões de análise permanecia quietinha, ao lado de seu dono, junto ao divã. Jofie desenvolveu um câncer e teve que ser sacrificada no ano passado. Durante muito tempo, ele não se conformou.

Anna olha por um instante para a janela. O trem, que corre entre árvores escuras, aproxima-se de algumas luzes. Estamos chegando em Salzburg, rodeada pela majestosa paisagem dos Alpes, agora anexada ao Reich. É a cidade mais próxima da fronteira com a Alemanha. Fica a trezentos quilômetros de Viena, muitas vezes passamos as férias aqui. Vamos indo, Josephine?

Saem do vagão e seguem conversando pelo longo corredor.

– O Dr. Freud pediu *Lobster with Truffes* e não tocou nele. Só provou um pouquinho de caviar, seu apetite é pequeno e está com dificuldade na deglutição. Sabia das dores e achei que o problema maior era cardíaco. Porém não pensei que a situação fosse tão grave.

– Tem sido muito difícil, doutora.

– Sim, metade do maxilar superior, e do céu da boca, foi retirada cirurgicamente.

– Por isso vive com dores constantes por causa da prótese.

– De fato, esse dispositivo que mantém as cavidades oral e nasal separadas...

– Um tormento colocá-la e tirá-la. Papai a chama de *o monstro.* Eu mesma a limpo e o ajudo todas as manhãs. Seguidamente trava, interfere nos movimentos da boca e na voz. Em casa, come apenas sopa de legumes, às vezes um pão molhado na gema do ovo. Deixa quase toda a refeição no prato, para a tristeza de mamãe, e depois oferece para Lün-Yu o que não consegue comer. Já passou por trinta operações e poderá ter mais uma, logo que possamos nos instalar em Londres. Sou muito grata por teres aceitado viajar conosco.

No mesmo instante, no vagão-leito, Martha escuta um gemido. Freud está com falta de ar, a mão apertada junto ao peito. Aciona a campainha e pede que o comissário chame imediatamente a senhorita Anna e a Dra. Josephine, que se encontram no vagão do piano-bar. Levanta as cortinas, abre mais a janela, nota que ele está pálido e tremendo.

Passos apressados no corredor.

– Senhorita Anna e Dra. Josephine? O professor Freud não passa bem.

Anna dirige-se logo para a cabine, e entra ofegante, assustada, enquanto Josephine vai pegar a maleta. Instantes depois, a médica administra estricnina e outros estimulantes a seu paciente. E o ausculta mais uma vez. Aguarda até ter certeza de que seus batimentos cardíacos estão normais e que a dor cedeu.

O trem diminuiu a velocidade, percorre poucos quilômetros, Salzburg está próxima. Durante o curto trajeto, algumas sacudidelas, sensação de outro trem passando ao lado. O comboio para na estação. A porta é aberta. Familiares de Paula, a governanta, foram despedir-se e se dirigem ao compartimento da família Freud. Um sobrinho entrega-lhe um buquê de flores e recebe do professor um aperto de mão. Percebendo que o momento é inapropriado, despedem-se e saem. Acenam para Paula da plataforma. A locomotiva dá um apito curto, e partimos.

Josephine pede que seu paciente procure descansar um pouco e recomenda que a chamem mediante qualquer alteração. Anna a acompanha. Conversam para acalmar as emoções.

– Não entendo como o *Herr Professor* consegue fumar nestas condições.

– Papai não atendeu ao conselho para que renunciasse aos amados charutos e, com o tempo, o Dr. Max Schur entendeu que ele não poderia exercer nenhum trabalho criativo sem fumar. Sua produção literária diminuiu logo que ele teve o diagnóstico de câncer. Chegou a nos dizer que, se não podia mais fumar livremente, não queria mais escrever. Mas ele continua escrevendo e escreverá até seus últimos dias.

– Como eles se conheceram?

– Em 1929, Marie Bonaparte insistiu para que papai adotasse o Dr. Max Schur como seu médico. Ele havia lido *As Conferências Introdutórias* sobre a psicanálise em 1916. Quando se encontraram...

Anna enxerga a cena: *Prometa-me também, quando chegar o momento, que o senhor não deixará que eles me maltratem desnecessariamente.* Schur prometeu, e os dois trocaram um aperto de mão para selar o acordo.

– Papai sempre se preocupou com sua saúde. Em várias oportunidades, constatou a existência de uma lesão suspeita, porém não queria mudar seus hábitos. Em abril de 1923, sofreu a primeira cirurgia para retirar um tumor da mandíbula e do palato. Em outubro, a segunda, para colocar *o monstro.* Depois, desenvolveu, várias vezes, leucoplasias benignas ou pré-cancerosas que tinham que ser tratadas ou removidas.

Josephine sacode a cabeça, como quem lamenta tudo isso. Anna prossegue:

– O médico que o cuidava na época fez uma incisão lamentável que terminou em hemorragia, obrigando-o a uma radioterapia inútil. Poderia ter escolhido os maiores professores de medicina de Viena, resolveu consultar um amigo, com a intenção de ser tranquilizado.

– ...

– A única explicação que encontro é que estava muito deprimido. Ele ainda sentia a morte da minha irmã Sophie quando veio a perda do seu filhinho mais moço, o Heinele, de quatro anos. Toda a família o adorava...

Anna escuta o pai: *Estou suportando muito mal esta perda, creio que nunca experimentei nada tão duro. Trabalho mecanicamente. Tudo perdeu seu valor.*

– Foi demais para ele. A única vez que o vimos chorar.

Na cabine de Freud, os acontecimentos seguem seu curso. Martha permanece recostada na poltrona. Olha para o rosto do marido. Sempre foi exclusivo no amor, ciumento, exigente, mas romântico. Fez tudo que estava ao seu alcance para me conquistar. Um poema e uma rosa todos os dias e mil e quinhentas cartas durante o noivado. Deixou o laboratório de pesquisas e assumiu um posto subalterno no Hospital Geral, passou por uma série de especialidades médicas e trabalhou com afinco para poder casar comigo. E eu o esperei por quatro anos. Casamo-nos dia 13 de setembro de 1886 no civil; e no dia seguinte, no religioso.

O trem avança rápido, com o mesmo tremor rítmico que faz Freud retroceder.

No começo do século, meu irmão Alexander organizou o catálogo das estações e de comunicação postal da Áustria e Hungria. Ele dispunha de ótimas informações sobre a malha ferroviária. Eu raramente viajava sozinho. Comecei de maneira modesta, ficava em hospedarias simples. Meus principais companheiros foram meu irmão Alexander, Sándor Ferenczi, e Martha algumas poucas vezes, sempre envolvida com as crianças. Ela não valorizava tanto quanto eu as viagens, gostava das nossas férias em família. A sua irmã Minna virou minha acompanhante, até que Anna pudesse ir comigo. Fomos à Veneza em 1913 e depois Roma... No final do verão de 1923, Anna e eu fizemos a última grande viagem. A fim de facilitar a despedida, surgiram o vento Siroco e as reações da mandíbula...

Freud percebe a chegada da filha e sorri. A memória ancora as pessoas ao longo da passagem do tempo.

XI
NÃO SE ESCREVE APENAS PARA O PRESENTE

O trem chega ao *Hauptbahnhof*, estação central de Salzburg. A densa fumaça toma conta da gare. Através das grandes janelas, Freud observa a movimentação na plataforma de embarque. O alto-falante avisa a hora da partida. Alguns descem e vão caminhar um pouco.

Muitas vezes esteve nesta cidade às margens do Rio Salzach, junto da fronteira com a Alemanha. Passou alguns agradáveis dias com a família em férias, quando visitaram a Fortaleza de Hohensalzburg, a Catedral, o Palácio de Helbrunn e, como não poderia deixar de ser, a casa natal de Mozart.

No domingo, 26 de abril de 1908, no Hotel Bristol, foram apresentados nove trabalhos, quatro da Áustria, dois da Suíça e um da Inglaterra, Alemanha e Hungria; mas o de Freud é o mais aguardado. Senta-se à ponta de uma longa mesa, em que já estão seus colegas Ernest Jones, Jung, Riklin, Abraham, Adler, Ferenczi, Stekel e Sadger.

Freud tem cinquenta e dois anos, cabelos grisalhos, bigode elegante, espessa barba pontiaguda. Inicia a fala às oito horas da manhã, com sua voz costumeira, baixa, coloquial e precisa. Todos o escutam com atenção extasiada.

Relata o caso clínico do *Homem dos Ratos*, por meio das palavras de seu paciente: *Começarei com o fato que me decidiu a vir consultá-lo. Era agosto e eu me achava na localidade de... fazendo o meu período anual de serviço militar como reservista. Sentia-me ultimamente muito deprimido e atormentava-me com toda sorte de ideias obsessivas, as quais a seguir foram desaparecendo durante as manobras. Um dia fizemos uma marcha não muito prolongada. Num descanso, perdi os óculos. Se bem que me fosse fácil encontrá-los, procurando-os com certo vagar, renunciei a isto, não querendo retardar a partida e telegrafei à casa de ótica de Viena para que me mandasse outros. Durante o mesmo descanso, estivera sentado entre dois oficiais, um dos quais, um capitão de sobrenome tcheco, devia adquirir para mim grande importância. Esse indivíduo me inspirava certo temor, pois se mostrava manifestamente propenso à crueldade. Não quero afirmar que fosse um malvado, mas em suas conversas se mostrara reiteradamente partidário dos castigos corporais, tendo eu combatido várias vezes sua opinião. Nessa ocasião voltamos ao assunto, e o capitão contou ter lido que no Oriente se aplicava um castigo espantoso.*

Chegado a este ponto, o paciente calou-se e, erguendo-se do divã em que estava recostado, pediu-me que eu o dispensasse da descrição daquele castigo. Assegurei-lhe que, de minha parte, não tinha a menor tendência à crueldade e que não queria atormentá-lo, mas não podia conceder-lhe o que me pedia, pois superar as resistências era um mandato imperativo da cura...

Às onze horas, Freud interrompeu a leitura sugerindo que já haviam ouvido o bastante. Contudo a plateia rogou que continuasse, o que o fez até quase uma hora da tarde. Ao terminar, levantou-se inquieto e vivaz. Seu um metro e setenta de altura parecia ter crescido diante dos olhos dos discípulos fascinados. Ernest Jones é o primeiro a aproximar-se e dirigir-lhe a palavra:

– Eu nunca ficara antes tão desatento à passagem do tempo.

Jones me descobrira não muito depois da publicação do caso clínico de Dora, em 1905. Como jovem médico britânico, especializado em psiquiatria, estava decepcionado com as explicações a respeito das disfunções mentais. Na época em que leu Dora, seu alemão era incipiente, ainda assim saiu com profunda impressão: *Havia um homem em Viena que realmente ouvia cada palavra que seus pacientes diziam. Foi como uma revelação. Eu estava tentando fazer isso por conta própria, mas nunca tinha ouvido falar de mais ninguém que o fizesse.*

Ele me procurou no Congresso de 1908, e depois em maio do mesmo ano na Berggasse. E se tornou um grande defensor da psicanálise.

O sino da estação bate três vezes e o alto-falante informa:

O TREM PARTIRÁ EM QUINZE MINUTOS!

Freud retorna às lembranças que o afastam da realidade. Dora era o caso mais penetrante que eu escrevera até o momento. Desenvolve-se ao redor de dois sonhos e apresenta uma bela ilustração de como interpretá-los durante o processo do tratamento. Iniciei o atendimento desta jovem em 1900, quando acabara de escrever *A Interpretação dos Sonhos.* Mas este caso permitia, além da confirmação da minha técnica, mostrar que o sonho, quando lembrado ou sonhado durante o tratamento, tem a ver com a pessoa do analista e com o que está sendo trabalhado.

A jovem Dora abandonou a análise e tive que explorar como um arqueólogo, camada por camada, para aprender com meu erro. Dora ensinou-me muito, tornou a procurar-me e, nesta ocasião, permitiu-me desvendar o que eu vinha tentando, porém que não entendia verdadeiramente: a transferência.

Só então escrevi o epílogo. Adiei a publicação por quatro anos, pois o livro dos sonhos não fora recebido como imaginara. Na verdade, saíram resenhas nos principais periódicos de medicina e psicologia europeus. No entanto vendia pouco, eu esperava muito mais. E aconteceram ataques e insultos que fui obrigado a sofrer.

Fragmento da Análise de um caso de Histeria gira em torno de dois sonhos, do complexo de Édipo de uma adolescente apaixonada pelo pai, com desejos incestuosos. Também apaixonada por *Herr K.*, atração proibida por um homem bem mais velho, casado e amigo da família. E com fantasias homossexuais, tidas como perversas, envolvendo a mulher que despertava interesse pelos dois homens de sua vida: *Frau K.*, a rival, também amada por Dora. Revelada a maior traição, amiga e inimiga foram condensadas na mesma pessoa. Além disso, eu estava por publicar este caso clínico sem a permissão da paciente.

Em 1905, publiquei também *Três ensaios sobre a teoria da sexualidade,* em que tratei do aspecto infantil perverso-polimorfo, e que a homossexualidade não é uma tara ou degenerescência, e, sim, ligada à bissexualidade infantil. Nova acolhida ingrata.

Agora o sino bate duas vezes e o alto-falante confirma:

O TREM PARTIRÁ EM CINCO MINUTOS!

Freud parece não escutar, mergulhado em suas recordações.

O escritor precisa encontrar uma forma para terminar bem a obra. Depois da visita, vislumbrei o caminho. Com a nova compreensão, redigi o epílogo. Conhecia o sentimento de finalizar um livro que me tomou tanto tempo e um enorme esforço intelectual e, sobretudo, afetivo. Não queremos nos desprender e precisamos nos libertar, levando-o a público. Não identifiquei os personagens e deixei claro o interesse científico.

É indubitável que os enfermos teriam silenciado à menor suspeita de que suas confidências poderiam ser cientificamente aproveitáveis, e era inútil solicitar autorização para publicá-las. Nestas circunstâncias, as pessoas de *delicada sensibilidade* colocariam em primeiro lugar o segredo profissional e renunciariam a todo intento de publicação, lamentando não poderem prestar serviço algum à ciência. De minha parte, sou de opinião que a profissão médica impõe deveres não só com aquele paciente, mas também com o grande número de outros que padecem da mesma enfermidade, ou dela padecerão no futuro.

EMBARQUE IMEDIATO!

Agitação na plataforma. Mais carvão é jogado na fornalha, ouve-se um longo apito, que parece um grito assoprado e rouco, e o trem se põe em movimento.

Onde termina o que é autêntico e começa o que foi reconstruído? Não se escreve apenas para o presente.

XII
A JOVEM RUSSA

O vento uiva como se estivesse possuído. Mais cento e cinquenta quilômetros e chegaremos a Munique.

Nesta cidade tive meu último encontro com Jung. Ele gostava de histórias picantes da vida privada. Tendo tido aventuras extraconjugais, não hesitou em divulgar boatos que eu estava apaixonado por minha cunhada Minna Bernays. Parte culpa minha porque, de brincadeira, eu a chamava de *segunda esposa,* o que a família aceitava com bom humor. Minna estava noiva do meu amigo Ignaz e o perdeu para a tuberculose. Após a morte dele, foi nossa hóspede por muito tempo e acabou ficando, e nos ajudando com as crianças. Quatro anos mais velha do que Martha, espirituosa e intelectual, minha amiga e confidente. Mas jamais ocupou outro lugar.

Este vento me faz recordar que, sob uma horrorosa tempestade de granizo, fomos para o IV Congresso Psicanalítico Internacional, que aconteceu em Munique. O cansativo conclave de 1913, no qual se deu o meu rompimento definitivo com Jung. A única lembrança agradável é Lou Andrea-Salomé. Estava sentada ao lado de Rainer Maria Rilke, e me apresentou o poeta.

Lou tinha caráter elevado e sereno, um olfato extraordinário para os grandes homens. Manteve convivência íntima e ganhou admiração e afeto de Rilke, Tolstói, Rodin, Arthur Schnitzler. Ainda muito jovem, ela conheceu Nietzsche, que ficou completamente apaixonado.

Frau Lou, como gostava de ser chamada, era muito mais do que uma linda mulher; uma literata ativa por conta própria, dotada de inteligência impressionante. Optara por dedicar-se à vida intelectual e jamais submeter-se às normas do casamento. Havia nela tanto otimismo, elegância... Ainda a vejo com sua estola de pele nos ombros e sua calorosa simpatia.

Tínhamos muito em comum, a mesma intransigência, e a certeza de que a amizade jamais deve camuflar as divergências, nem ferir a liberdade de cada um. Eu gostava dela, estranho dizer, sem nenhuma ponta de atração sexual. *Frau* Lou era a minha amiga mais íntima, e me olhava como se fosse o meu *alter ego*. Encontrei uma interlocutora a quem podia tratar como igual.

Em fevereiro de 1937, aos setenta e cinco anos, ela teve uma morte tranquila na sua casinha em Göttingen. Dois dias depois, por ter praticado a *ciência judaica*, sua biblioteca foi confiscada pela Gestapo e jogada nos porões.

Quando eu soube, escrevi no seu obituário: *Qualquer um que se aproximava dela ficava vivamente impressionado com sua autenticidade e harmonia, e admirava-se ao constatar que todas as fraquezas femininas, e talvez a maioria das fraquezas humanas, lhe eram alheias ou haviam sido superadas por ela ao longo de sua existência.*

Acostumei-me a dirigir-lhe a palavra em nossas reuniões, e não parava de fixar, fascinado, aquele lugar vazio que era seu, *Frau* Lou.

Ela parecia tão independente de qualquer tempo. Sinto como se a sua morte fosse irreal.

– Soube que escreve obras de ficção.

– Mais novelas do que romances e peças de teatro, *Herr Professor.*

– E seu interesse pela psicanálise?

– É a única possibilidade de libertação. Quero questionar a mim mesma, minha infância, meus desejos insatisfeitos. Recuso a noção de progresso e a condição de mulher na família patriarcal. Os homens de meu tempo pensam que o vírus do feminismo destruirá os valores viris. O senhor fez a ligação entre a histeria e a sexualidade. O sexo fala por meio do corpo, pela histeria torna-se uma linguagem.

Convidei-a para a sociedade das quartas-feiras, que existia desde 1901, e só era frequentada por homens, judeus, na sua maioria.

– Médicos jovens e alguns historiadores reúnem-se em torno de mim para aprender, praticar e difundir a psicanálise. Sei que tens talento para absorver novas ideias.

– O senhor afirma que a neurose é consequência de conflitos infantis não resolvidos.

– No inconsciente nada termina, nada passa, nada é esquecido. Descobri alguns fatos novos e importantes sobre o inconsciente, e dessas descobertas nasceu a psicanálise...

Esbelta, formosa, de testa alta e arqueada, boca grande, olhos azuis. Era conhecida na Alemanha como a jovem russa, a filósofa e poetisa. Mulher com inteligência perigosa, temperada com beleza e feminilidade originais. Um perfume entre o cheiro de tabaco. Nos conhecemos em 1908, em Weimar, no Primeiro Congresso Internacional de Psicanálise. Estava acompanhada de Poul Bjerre, jovem psicanalista sueco. Pediu imediatamente para ser analisada. Ingressou na sociedade das quartas-feiras em outubro de 1912, aos cinquenta e um anos. Foi então que se apaixonou por Viktor Tausk, um homem bonito e melancólico, quase vinte anos mais moço do que ela. Terminada a reunião, Tausk a acompanhava até o hotel e, após o jantar, a cobria de flores. Ao seu lado, ela iniciou a prática analítica, visitou hospitais e observou casos que a interessavam.

Lou passou os seis meses seguintes à guerra cuidando de vítimas de traumas nervosos num campo de trabalho de Königsberg. Foi analisada numa época em que eu não recebia mais pacientes, apenas alunos psicanalistas, mas me interessei por ela. Mais tarde, mostrou-me como descreveu nosso encontro. Tenho isso anotado aqui próximo de mim:

Transponho o pórtico. Há castanheiras no pequeno pátio interno. Subo os degraus largos em curva, que me levam até o patamar onde há duas portas: à direita, a da sala de espera do consultório do professor, à esquerda, a do apartamento familiar. Na Berggasse 19, ele exerceu a psicanálise e redigiu sua obra numa Viena de cafés barrocos e confeitarias elegantes. A Berggasse fica perto do Café Landtmann e da Universidade. Gostava do fato de eu ser mulher e, principalmente, escritora. Ele sempre admirou os escritores. Havia um amor recíproco.

Nenhum dos homens que conheci me impressionou como Freud. Ele iluminou o lado oculto da alma e permitiu que a mulher se emancipasse. Lembro dos seus olhos castanhos brilhantes e a voz bela e séria que vinha das profundezas...

Envelhecemos juntos. Aos setenta anos disse-lhe: *Frau* Lou, a senhora coloca uma ordem feminina na desordem ambígua do meu pensamento.

Sim, a russa também deixou uma marca indelével em minha mente e no meu coração.

XIII
AS PEDRAS FALAM

Pelas frestas da cortina eu vejo desfilar as altas e pálidas rochas. O trem anda devagar, com longas e enervantes paradas. Finalmente, entramos em Munique.

A Dra. Josephine aproveita para ver como está o *Herr Professor*. Olha o paciente com admiração, impressionada com a sua resistência. É, sem dúvida, um homem corajoso. Anna, mais uma vez, a acompanha. Ao saírem, são surpreendidas pela presença do funcionário da Embaixada dos Estados Unidos. Ele se aproxima, as cumprimenta e pede que fiquem na cabine na hora da apresentação dos documentos, quando chegarem à fronteira com a França. Reafirma que estará por perto, caso necessitem. Anna decide não comentar nada com seus pais naquele momento. A presença que oferece proteção chega com o peso da realidade.

Despedem-se. Josephine espera alguns segundos antes de girar devagar a maçaneta. A companheira de quarto revira-se na cama. Infelizmente, tem que perturbar outra vez o sono de Paula.

Anna retorna à cabine e ajuda a mãe a arrumar a cama.

– Como será agradável quando estivermos na casa de Marie Bonaparte, em Paris, minha filha.

– Sim, papai poderá descansar e não vejo a hora de tomar um banho de verdade.

– Penso se vamos nos adaptar aos costumes de Londres.

– A minha preocupação imediata é com a falta que ele sentirá de Lün-Yu. Não disse ainda das enormes restrições inglesas e a quarentena será por mais tempo do que ele imagina.

Em seguida cessam a conversa, apagam as luzes, tentam descansar um pouco. Sem poder dormir, cada um com seus pensamentos.

Freud acaricia Lün-Yu e se surpreende entoando para si mesmo a melodia que reconhece como sendo da ária de *Don Giovanni: Um laço de amizade nos une...* Gostaria de ter notícias de Max Schur. Conseguirá escapar da Gestapo? E minhas irmãs? Espero que a Princesa consiga tirá-las de lá.

Segundos depois está revivendo o Congresso de Munique. A correspondência com Jung iniciou-se em 1906, e, no ano seguinte, ele veio visitar-me pela primeira vez. Em 1910, criada a *Associação Internacional de Psicanálise*, foi nomeado presidente. Havia admiração e entusiasmo recíprocos. Mas as cartas, que eram cordiais, passaram a ser insolentes e arrogantes. Um abismo se estendeu em questões fundamentais. E veio o ataque em Munique.

Freud olha para sua adorável cachorrinha que ressona. Ele está com um livro nas mãos. Gostaria de ler com voracidade e senso crítico de sempre; isso o protegeria de certas lembranças. O frescor da noite é mais intenso. O relógio gira os ponteiros em sentido contrário.

Primeiro de setembro de 1901. Chegaremos amanhã pela hora do almoço. Eu tinha ideias de morte e não queria morrer antes de ver Roma. Temos um belo quarto no Hotel Milano. A cinquenta metros daqui, a *Câmara dei Deputati*. Vamos ao *Museo Naziolane*. Depois, comer *risotto* defronte ao *Pantheon*. Está quase quente e isso quer dizer que uma luz maravilhosa se espalha por tudo, até na Capela Sistina. Gente bonita, carruagens, falta lugar nos bares e restaurantes. O café é bom, café de verdade. O dia é tão cheio... Terei de me obrigar a ir ao barbeiro.

Tempestade incrível à noite, refrescou bem. Estivemos no *Museo do Vaticano*. A vista do *Monte Pincio* é um cartão postal. À tarde, algumas impressões, às quais vou passar anos retornando. O pôr do sol no *Monte Gianicolo*, que fica na margem oeste do Tibre. E a vontade de comer alcachofras italianas...

Sou atraído pela seriedade ocre de Roma. Fomos ao Panteão, construído com mármore branco, concebido para abrigar a imagem de ouro e marfim de Atena Parthenos, a colossal estátua de doze metros de altura. É onde está o túmulo de Rafael. Depois, na igreja *San Pietro in Vincoli*, vi pela primeira vez o *Moisés* de Michelangelo...

Tive vários sonhos que se basearam no meu desejo de ir a Roma. Eu mantinha um diário onírico. Uma vez sonhei que Fliess e eu poderíamos realizar um de nossos congressos lá. Eu estudava a topografia do lugar. Meu anseio por esta cidade estava ligado ao entusiasmo dos tempos de escola pelo herói semita Aníbal. Estivera muitas vezes na Itália, mas nunca visitara a capital. Havia em mim uma expressão de revolta contra a cidade imperial tão desejada e impossível de alcançar. A cidade que Aníbal não conseguira conquistar, fracassando em vingar Amílcar. Conquistar Roma era triunfar no quartel-general dos inimigos implacáveis dos judeus. Aníbal, a tenacidade do povo cartaginês, e Roma, a organização da Igreja Católica.

Fui nomeado como professor extraordinário e me gratifiquei com uma viagem a Nápoles em final de agosto e início de setembro de 1902, de novo, com o meu irmão Alexander, Alex, como costumava chamá-lo. Fumávamos tabaco inglês, num cachimbo curto de madeira, infinitamente mais barato e muito melhor que cigarros. Comecei a fumar com vinte e nove anos e, logo, apenas charutos. Meu pai também era um grande fumante e continuou sendo até os seus oitenta e um anos de idade.

Em 1907 retornei, estava tudo fechado por causa de um feriado. Pelo menos encontrei um lugar para almoçar perto da *Piazza Colonna* e sua bela fonte... A comida cheirava bem e era muito gostosa. Passei a tarde procurando o Fórum Romano. Vi os monumentos a Goethe e a Victor Hugo e revi Ticiano na Galeria Borghese: *O sagrado e profundo*. À noite fui ao teatro assistir *Carmen*. Consegui um lugar na segunda fila, bem no meio. O tempo ficava cada vez mais divino, a cidade mais fantástica. Voltei à Capela Sistina. A cada retorno, gostei mais de Roma. Estar naquela cidade foi decerto o que houve de melhor para mim. Imaginem minha alegria ao encontrar no Vaticano, depois de tão longa espera, um rosto querido. O reconhecimento, porém, foi unilateral, pois era *Gradiva*, em relevo bem no alto da parede.

Agora estou em Pompeia. Depois de algumas horas, fico num estado de suspensão. O prazer que sinto só pode traduzir algo de natural em mim. Como essa emoção consegue permanecer intacta? Uma vez escrevi que nossos atos, mesmo os mais irracionais, são ditados por impressões tão duradouras quanto esquecidas de nossa infância. Esfrego os olhos, enxugo o suor. No calor do meio-dia, o ar vaporoso dissolve o contorno das formas e apaga a fronteira entre o sono e a vigília. Este momento acentua o efeito que proporciona o doce êxtase ao final de mais uma caminhada. Está na hora de retornar ao hotel.

Começa a chuva que veio não sei de onde. Vejo os pescadores adquirindo a palidez rígida do mármore. Uma chuva de cinzas, que se torna cada vez mais densa e sepulta-os e tudo ao seu redor. Sem entender o que está acontecendo, escuto a angústia dos pompeianos e o rugido do mar embravecido. Algo vivo e presente como se estivesse tendo uma visão, transladada no tempo. Estou no ano de 79, quando o Vesúvio derramou sua lava incandescente sobre Pompeia. Será que o sol a prumo sobre minha cabeça me fez cair num delírio? Vi um homem igual a mim. E eu estava ali por uma razão peculiar. Sinto-me numa rede de coincidências e acasos, ao mesmo tempo sutil e transparente. Eu acabara de encontrar a minha história desaparecida.

O passado, mesmo o mais remoto, arcaico ou infantil, é sempre um passado presente.

– *Meu Sig de ouro!*

As palavras de minha mãe me despertam.

– Meu querido tesouro, balbucio, ao abrir os olhos, dirigindo-me à Martha.

XIV
MOISÉS

Deixamos a estação de Munique para trás. A última imagem foi a de um comboio de três ou quatro vagões de carga puxados por uma pequena locomotiva, daquelas que servem para fazer manobras no interior das estações. O trem, que parece mais cansado do que nós, tornou a partir. Em poucas horas, chegaremos a Stuttgart.

Sempre gostei de anotar tudo o que faço pela manhã, tarde e noite, no meu caderno de viagem. *Martha, meu tesouro, a saudade de ti e dos pequenos foi abafada nos primeiros dias pelas novas impressões, mas agora não consigo mais esperar pela resposta a esta carta. O espelho veneziano já foi despachado para ti... O céu está sorrindo azul.*

Quando estive em Roma pela primeira vez, apreciei os quadros de Rafael, no Museu do Vaticano. Sua grandeza permanece inalcançável. Com o passar dos anos, a cidade tem cada vez mais atrações, é a mais bonita e eterna.

Chegamos sob honrosa chuva de granizo. Pelo barulho, era como se estivéssemos afundando, uma tempestade tão forte e genial, como criada por Michelangelo.

Visito todos os dias o Moisés na Igreja *San Pietro in Vincoli,* destinado pelo artista, para o gigantesco monumento que deveria guardar os restos mortais do soberano pontífice Julio II. Nunca uma obra de arte me impressionou tanto. Diante de Moisés, tive uma chispa de intuição ao refletir sobre a personalidade de Michelangelo.

As obras de arte exercem sobre mim uma ação poderosa, sobretudo as literárias e as escultóricas. Tratei de estudá-las à minha maneira e a considerar com mais detalhes algumas delas, que me causaram profunda impressão. Tudo isso orientou minha atenção para o fato de que algumas das criações mais acabadas e impressionantes, escapam à nossa compreensão. E recaem sobre elas julgamentos contraditórios.

Admiramo-las e nos sentimos subjugados por elas, porém não sabemos o que representam. Sei muito bem que não se trata de mera apreensão intelectual, deve ter suscitado em nós aquela situação afetiva, aquela constelação psíquica que gerou no artista a energia impulsora da criação. Mas por que não será possível determinar a intenção do artista e expressá-la em palavras, como qualquer outro fato da vida psíquica? Talvez eu possa saber, mediante minha própria interpretação, por que experimentei impressão tão poderosa.

De minha parte, não encontro motivos para discordar da explicação de Thode, com a qual me identifico, mas sinto a falta de algo. Esta figura monumental ostentando dois cornos míticos que representam a luz radiante que veio ao rosto de Moisés após ver Deus... É um Moisés forte, robusto, imponente, com uma barba fluindo como um rio.

Talvez seja uma relação mais íntima entre o estado de ânimo do herói, contraste de serenidade aparente e agitação interior, expressado em sua atitude. Aprendi com Ivan Lermolieff, cujos trabalhos provocaram uma revolução nas galerias de pintura da Europa, a distinguir as cópias dos originais. Chegou a esse resultado prescindindo da impressão de conjunto e acentuando a importância dos detalhes, das minúcias, tais como o pavilhão da orelha, o ninho das figuras de santos e outros elementos que o copista descuida de imitar e que todo artista executa numa forma que lhe é característica. Em minha opinião, seu procedimento mostra grandes afinidades com a psicanálise; também costumo deduzir de traços pouco estimados ou não observados coisas secretas ou encobertas.

Estudando, descobri que duas partes da figura de Moisés não foram observadas: a posição da mão direita e a das tábuas da Lei, e a barba do herói encolerizado. Pretendo, a partir delas, vislumbrar um sentido novo. Nossa fantasia completa o processo interpretativo.

Moisés, em atitude repousada, vê-se sobressaltado pelo espetáculo do bezerro de ouro. Acha-se sentado, tranquilo, olhando de frente, com a barba caindo reta sobre o peito e sem que a mão direita tivesse qualquer contato com ela. Nisso, chega a seus ouvidos o clamor do povo; vira a cabeça e o olhar para o lugar em que ressoa; contempla a cena e se dá conta, no ato, do que acontece. A indignação e a cólera se apoderam dele, e tem vontade de saltar de seu assento para castigar os sacrílegos, aniquilando-os.

Entretanto, sua fúria dirige-se contra o próprio corpo. A mão impaciente, disposta à ação, prende a barba, que tinha seguido o movimento da cabeça, e a aperta entre o polegar e a palma, com os dedos fechados, gesto de uma força e de uma violência que recordam outras criações de Michelangelo.

Moisés não se ergue irado. O que vemos nele não é a introdução de uma ação violenta, mas o resíduo de um movimento já executado. Possuído de cólera, quis erguer-se e tomar vingança, porém dominou a tentação, continuando sentado, com a fúria contida, invadido pela dor misturada com o desprezo. Não arremessará mais as tábuas da lei, quebrando-as contra o chão. As tábuas começam a escorregar, enquanto ele pensa na sua missão e renuncia à satisfação de seu impulso.

Nesta atitude, Michelangelo o eternizou.

Mas quais foram os motivos que influíram no artista para criar este Moisés transformado? Presumo que a culpa por esta incerteza deva ser dividida em partes iguais entre o intérprete e o artista.

Escrevi este pequeno artigo*: Uma lembrança infantil de Goethe em Poesia e Verdade,* numa viagem de Sorbató a Viena, e gosto de guardar uma cópia dentro do original. Para Goethe, que está comigo nesta viagem, as obras de arte são mediadoras do indizível:

Uma obra de arte autêntica, assim como uma obra da natureza, permanece sempre infinita para o nosso entendimento; ela é contemplada, sentida, faz efeito, mas não pode ser propriamente conhecida, muito menos pode ser expressa em palavras sua essência, seu mérito.

Goethe não teria rejeitado a Psicanálise. Ele próprio se aproximou dela numa série de pontos.

Esta figura fascinante e perigosa assombrou-me mais de um quarto de século. Dez anos depois, escrevi o trabalho sobre a estátua: *Moisés de Michelangelo*. Meu desejo é continuar escrevendo a respeito dele. No ano passado, saíram os dois primeiros ensaios, falta o último, que preciso terminar no exílio.

Moisés não abandona a minha imaginação. Um convidado que não posso pedir para se retirar. Venho lendo e escrevendo. Minha preocupação é me manter lúcido e trabalhar mais e mais. Já dizia o meu amigo Rilke: *Uma obra de arte nasce de uma necessidade.*

Se o *Orient Express* me levar a Paris, retomarei a última parte do *Moisés e a Religião Monoteísta,* e a deixarei acessível ao leitor. Temo que o novo editor queira fazer *leves sugestões* e tente me convencer a rever o manuscrito, que tem me custado mais caro que qualquer outro. Foi por isso que eu quis ter minha própria editora. Em 1912 fundei a *Imago*, Revista Internacional consagrada à Psicanálise.

Terei que aguardar pela tradução. Alguns meses para mim significam mais do que para outras pessoas. Sei que sempre ficam alguns erros, por muito que se tente melhorar o manuscrito. Não vejo a hora de ler as provas. Anseio encontrar com Stefan Zweig, exilado na Inglaterra. Estive buscando uma edição em alemão em Amsterdã. Lutarei por uma tradução em hebraico, embora possa ofender sensibilidades judaicas.

Escreverei em Londres, Moisés sairá em inglês. É possível que eu sinta, como emigrante, a perda da língua materna, que pensei nunca substituir por outra. Aprendi espanhol para ler Cervantes e inglês para ler Shakespeare no original. Como farei para renunciar à escrita gótica? Eu deveria ficar contente de não ser em alemão. Estou sendo obrigado a escrever, no fim da vida, em língua estrangeira. É como se eu tivesse que perder a linguagem com que vivi e pensei.

O sol bate sobre o papel. A luz se espalha por tudo enquanto escrevo. O escritor e o psicanalista, com grande probabilidade, bebem da mesma fonte, trabalham com o mesmo objeto, cada qual com um método diferente.

É uma vida maravilhosa com trabalho e prazer, na qual nos esquecemos de nós mesmos e de todo o resto.

XV
ACRÓPOLE

No sábado, 3 de setembro de 1904, pisamos em Atenas. Alexander reservara o Hotel Athen. O ar da noite é agradável. A expectativa quase não me deixa dormir.

No dia seguinte, dez horas da manhã, saímos a pé; sempre gostei do ponto de vista do caminhante. Sinto no corpo o impacto sensível de todos os elementos que circulam nos espaços. A liberdade estética consiste na observação desinteressada do que nos rodeia. Vou registrando o modo como o percurso é sentido pelo meu corpo em movimento, a variedade de sons nas ruas, o subir e descer de escadarias, ladeiras, a largura das calçadas, a textura dos caminhos percorridos, a observação do alto de um terraço, ou colina, através de uma janela...

Sol quente, mas não opressivo. Vesti a camisa mais bonita para visitar a Acrópole, que significa *cidade alta*, sólida, majestosa. Fica no topo de uma colina de rochas, e foi construída por volta de 450 a.C, dedicada à Deusa Atena, padroeira da cidade. Estou alegre por me encontrar aqui. Tudo é belo e empoeirado.

Quando por fim chego diante da maravilhosa e única entrada para a Acrópole, olho para Alexander e pergunto: O que nosso pai diria? Dado a nossa pobreza nos anos de estudante, pensamos ser impossível um dia estar ali e isso se achava em conexão com o desejo proibido de ultrapassar nosso pai. Eu tinha a impressão de algo já vivido e ao mesmo tempo não me sentia digno de tal felicidade. Eu me encontrava na Acrópole, e pousava meus olhos sobre o cenário e esse pensamento se passou rápido em minha mente. Então tudo isso de fato existe? Tudo que aprendi na escola é real? Tudo aquilo está aqui e não só nos livros? Tenho uma sensação estranha, como uma dúvida. Estou mesmo aqui?

Eu me encontrava dividido, um era a pessoa que expressou o comentário e outro, o que tomara conhecimento do comentário, e ambos estavam surpresos. O segundo desconhecia a possibilidade de que a existência real de Atenas, da Acrópole e do cenário em torno, alguma vez tivesse sido objeto de dúvida. O que essa pessoa estava esperando era alegria ou admiração. Ver algo com os próprios olhos é, afinal, muito diferente de ouvir contar ou ler a respeito.

Devo ter pensado, ainda em Trieste, vamos ver Atenas? Impossível! Bom demais para ser verdade. Era uma incredulidade ao ser surpreendido. Realmente, eu não poderia ter sonhado em ver Atenas *com meus próprios olhos.* Estava com quarenta e oito anos. Recordo que duvidei que veria a Acrópole, como também desacreditei da sua própria realidade. Este deslocamento encerrou o elemento dúvida. Se o que estou vendo aqui não é real, é um sentimento de desrealização. Uma parte do meu próprio eu ou da realidade é estranha. É como um *déjà vu.*

Eu poderia ter dito ao meu irmão, éramos jovens e costumávamos caminhar dia após dia para a escola; aos domingos, íamos ao Prater e agora estamos aqui. Pode ser que um sentimento de culpa estivesse vinculado à satisfação de havermos realizado tanto; como se ainda fosse proibido ultrapassar nosso pai. Ele se dedicara ao comércio, não tinha muita instrução, e Atenas podia não ter o mesmo significado para ele. Assim, o que interferia em nossa satisfação de viagem era um sentimento de respeito filial.

Por tanto tempo desejei subir esta colina, por anos me pareceu um sonho distante, inatingível. Descobri que é preciso apenas um pouco de coragem a fim de realizar os desejos que, até então, tomamos como inalcançáveis. E hoje tenho que ter paciência; envelheci e não posso mais viajar pelo mundo, a não ser com a memória e a imaginação.

Já estou na Acrópole há duas horas. Ela supera tudo o que vi e tudo o que se pode conceber: Partenon, antigo templo, altar e estátua de Atena, Erecteion, Eleusinion, Santuário de Artemisa, de Zeus, de Pandion, Pandrósio...

Nas proximidades do monte Olimpo, morada dos deuses, alguns povoados foram surgindo. Um em especial, pela singeleza e harmoniosa arquitetura, chamou atenção e logo despertou cobiça. O poderoso deus das águas logo viu suas pretensões sobre o patronato da viçosa povoação confrontado por Atena. Não querendo seus filhos e pares que a luta se realizasse, causando derrota de um deles, propuseram alternativas em vez de terçarem armas: cada um ofereceria uma dádiva à nascente cidade, e aquela que fosse do maior agrado de seus habitantes, mereceria a honra de tornar-se patrono e defensor do local. Rapidamente, Poseidon cravou o tridente no solo fazendo surgir magnífico corcel, animal que até ali não existia. Atena, com gesto de mão, fez nascer e brotar uma oliveira carregada de frutos, encantando o povo, que a elegeu vencedora do pleito. Pela primeira vez, a vontade popular sobrepujou dando foros à democracia.

Por mil anos, Atenas serviu como fortificação militar, centro político e santuário religioso.

As colunas cor de âmbar do Partenon são as mais belas que vi em toda minha vida. Do lado norte, há uma magnífica varanda e do lado sul do edifício, seis estátuas de mulheres de pé, no lugar de cada coluna, equilibrando a arquitrave em cima de suas cabeças, que serve de apoio do peso da tribuna. Perfeição, beleza, corpo divino que nos faz sentir no paraíso. Silêncio, submissão ou imponência? Demonstração de poder, força... Não sei. Representam a fertilidade? O amor? As esculturas devem sempre possuir algum mistério. Jamais devem revelar-se por inteiro. Pernas levemente dobradas que entreabrem as túnicas coladas ao corpo, posso notar a transparência do tecido... Não imaginava que pedras pudessem ser tão sensuais.

Meus olhos deslizam pelas esculturas, são os detalhes que dão a impressão de grandeza. Almejo tocá-las. As esculturas nasceram para serem tocadas, mais do que vistas, sentidas com o corpo inteiro. O que me impressiona é como os artistas conseguem modelar o movimento. Como encontram a justa medida entre os cheios e os vazios? Como conseguem a exata proporção, a harmonia eterna? Esta obra é capaz de me surpreender. É um deleite.

Com Moisés também foi assim, uma emoção, uma apreensão instantânea e totalizadora. Em todas as vezes que o visitei, senti-me em êxtase.

Chego à conclusão de que Acrópole de Atenas com seus templos e teatros seja a síntese da onipresença divina. Este complexo exibe o ideal da perfeição. Reproduzindo em pedra a manifestação e herança de deuses concebidos à imagem e semelhança do homem.

Sempre gostei de caminhar. O contato do olhar com o corpo em movimento, e todas as sensações recriam estes prédios colossais. Os artistas, valendo-se de linhas, volumes, texturas, efeitos de cor e luz, relacionados com peso, espaço, profundidade e contraste criativo, transmitem uma unidade de clareza e de permanência. A admiração é algo obrigatório se tratando de arte.

Pensando retrospectivamente, não sou só informado ou desse tipo que lê biografias apenas; eu, de fato, aprecio as artes em geral e sempre fiz questão de ter intimidade com algumas delas. Tenho vários exemplares em mais de um idioma dos meus autores preferidos, gastei mais que podia em livros e me privei de muita coisa por paixão pelas antiguidades. Pequenas obras perpetuadas em bronze e pedra se agigantam diante dos meus olhos, ganham imensidade apesar de suas diminutas proporções.

O colecionador é uma espécie de artista oculto. Colecionamos por amor.

XVI
DACHAU

Ainda gosto de viver em consonância com as fases da lua; ela me faz muita falta. Sou um israelita cansado. Da plataforma, até entrar neste trem, tive que enfrentar quatro degraus metálicos. Não queria uma mudança nem ser obrigado ao exílio. A locomotiva me arrasta para a vida ou para a morte?

Subimos com a cremalheira. Acoplagem mecânica com a via de terceiro trilho ou carril dentado.

– JUDEU MISERÁVEL!

– VAMOS LHE DAR UMA LIÇÃO!

Gritavam os colegas que estavam comigo no trem, zangados porque abri a janela para entrar um pouco de ar fresco. Mantive minha aparência imperturbável, os desafiei. No mesmo estilo, um incidente em Thumsee, na Baviera, por ocasião das nossas férias na montanha. Estávamos voltando de um passeio e, no caminho, meus filhos foram barrados por uns dez homens que gritavam ditos antissemitas. Sem qualquer hesitação, dirigi um olhar carregado sobre eles, brandindo meu cajado de andarilho, o que os obrigou a saírem do caminho. Meus filhos diziam que eu tinha o poder de, em dado momento, criar a expressão de meter medo. Investi contra eles com uma bengala em contraste à submissão passiva do meu pai quando um homem atirou o seu quipá no chão e gritou: *Judeu, fora da calçada!* Lembro de ter perguntado o que fez. E ele respondeu: *Desci para a rua e peguei meu quipá*. Na época eu achava meu pai um homem tão grande e forte, que não entendi o fato de ele não reagir. Considerei sua atitude pouco heroica. Hoje o valorizo por ter sido um homem calmo, que gostava de ler, tinha certo grau de erudição hebraica e era adepto aos prazeres da vida. Mas, de forma instintiva, reagi de outra forma diante dos meus filhos.

Na Universidade, chamaram-me de *judeu sujo* e esperavam que eu reconhecesse a inferioridade racial. Estudei muito, era uma forma de vencer o preconceito. Almejava ser um grande homem. Com a Revolução Popular, os judeus do Império Austro-Húngaro conquistaram direitos civis e políticos. Quase cem anos depois, passamos a fazer parte da raça perigosa, que estava enriquecendo, tirando o trabalho dos arianos. Deixamos de ser livres, de merecer dignidade e respeito.

Quando saímos de Viena, estávamos entre os pouquíssimos judeus tratados com decência. Meu caso era uma exceção, o restante sofria de forma abominável. Dia 11 de março, após o ultimato de Hitler, o chanceler Schuschnigg, que lutou por nossa liberdade, foi forçado a cancelar o plebiscito e renunciar. Foi quando escrevi no meu diário: *Fim da Áustria,* e ocorreram os primeiros suicídios. Na manhã seguinte, as tropas alemãs atravessaram a fronteira; e domingo, dia 13, a anexação da Áustria à Alemanha nazista foi oficializada. Multidões exaltadas atacavam judeus ante o anúncio da chegada de Hitler. Mais uma vez escrevi no meu diário: *Anschluss com a Alemanha*. E fiz meu último pronunciamento na Sociedade Psicanalítica; Anna presidia a reunião. E no dia seguinte: *HITLER EM VIENA*.

Iniciaram o fanatismo e a vingança, os expurgos e as invasões, os saques, a violência espontânea e aleatória. Os judeus ortodoxos, com seus chapéus de aba larga, cachos de cabelos até as orelhas e barbas exuberantes, eram alvos favoritos, assim como os indefesos que estimulavam a fantasia dos que torturam e urram de prazer. Crianças, mulheres e velhos forçados a apagar os *slogans* que ficaram nas ruas para o plebiscito.

Por esses dias, um jornalista inglês presenciou muitas humilhações e as publicou. Aos poucos, o mundo ocidental tomou conhecimento do que estava acontecendo:

Quem escreve estas linhas viu um homem espancado e abandonado na rua; uma judia foi detida sem acusação, apenas por ter retirado dinheiro do banco; um advogado social-democrata pisoteado até a morte. Outra, com casaco de pele, perto do Hotel Saechsischer, foi cercada por seis guardas nazistas com capacetes de aço e rifles e obrigada a ajoelhar-se, e escovar o chão. Está claro que não serão só os judeus a pagar o preço da Anschluss.

É como se eu assistisse em tempo real algumas cenas daqueles dias. A multidão berra:

– ELE DEU TRABALHO PARA OS JUDEUS!

Um senhor de idade, comerciante do bairro, está sendo arrastado enquanto as pessoas seguem gritando. No final da rua, outro bando insulta e dá pontapés nos estudantes e os obriga a escrever *JUDE* nos muros e fazerem a saudação hitlerista.

E o que impressionava era o espírito geral de comemoração. Multidões gritando, agitando bandeiras e cantando marchas alemãs. A manipulação de massas, que funcionou tão bem no país deles, entrou com força na Áustria. Eu tive que protestar quando as valsas vienenses foram proibidas. Não houve praticamente nenhuma resistência (que teria sido inútil e irracional). Parecia impossível escapar da Áustria nazista.

Viena transformou-se num pesadelo. Dia 15, invadiram a Editora e nosso apartamento, foi quando Jones chegou. Dia 17, foi a Princesa. Todos queriam me tirar de imediato. Juízes, comerciantes, burocratas, banqueiros, professores, jornalistas, músicos, intelectuais e tantos outros judeus expurgados procuravam um refúgio num mundo que relutava em nos receber. Noticiaram que, embora o governo palestino tivesse me oferecido asilo, os nazistas não me dariam o passaporte. Aumentavam os suicídios. Os jornais afirmavam que eram poucos e que estavam ligados diretamente à mudança de situação política ou resistência. No entanto sabíamos que foram centenas no mês de março.

Atrocidades espalhadas por todos os cantos. Enquanto durar a viagem, só vigília e pesadelos. O trem corre aos solavancos rumo à fronteira da França.

Fui convidado em 1932 por Albert Einstein, quando reunia depoimentos de intelectuais em favor da paz e do desarmamento. Naquela ocasião afirmei: Vigora no homem uma necessidade de odiar e aniquilar. Tal predisposição, em tempos normais, apresenta-se como estado latente e só vem à tona no anormal. Mas ele pode ser despertado com relativa facilidade se vier a se intensificar em psicose de massa.

Eu já concluíra que o indivíduo, ao fazer parte da massa, suprime a repressão de suas tendências inconscientes. Existe um *contágio mental*, o indivíduo sacrifica o interesse pessoal pelo coletivo. Há um sentimento de onipotência. A noção de impossível não existe. A multidão chega ao extremo; em poucos segundos um ódio feroz. É autoritária e tem clara consciência de seu poder. Exige força e violência de seu herói. Quer ser dominada, subjugada e teme seu amo.

A mais ou menos quinze quilômetros de Munique, o trem passa próximo a Dachau, o primeiro campo de concentração regular, assentado pelo governo nacional socialista. Foi construído em 1933, em uma antiga fábrica de pólvora. Inicialmente, destinava-se a presos políticos sem acusações concretas. Depois, foi transformado em campo de trabalho que abrigava Testemunhas de Jeová, ciganos, homossexuais, criminosos recidivos e os prisioneiros judeus que foram aumentando com a perseguição antissemita. E me pergunto mais uma vez por que o judeu atrai para si um ódio eterno... Centenas de nós já foram enviados para lá. Deverão ser milhares. Os judeus estão desaparecendo neste reinado de terror.

Quando Anna foi levada para depor na Gestapo, o perigo era ser esquecida no corredor e arrastada com outros prisioneiros judeus para Dachau, ou ser fuzilada.

Martha, que já é quieta, está muda neste momento, e, se pudesse, fecharia as cortinas, preocupada comigo. Anna senta-se ao meu lado. A escuridão não impede que eu veja a porta principal de longe. Sei que a administração fica ali; depois, uma série de prédios auxiliares: cozinha, hospital, lavanderia, chuveiros, oficinas e um bloco que é usado para execução sumária de prisioneiros. Uma cerca eletrificada de arame farpado, uma trincheira e um muro com sete torres de guarda rodeiam o campo. Aqui fica o centro de treinamento das SS, da violência, da vingança, do sadismo. Se existem terrores, esses são os do nosso tempo.

Um dos quartéis é destinado às *experiências médicas*, novos remédios para a malária, tuberculose, que pudessem beneficiar os alemães, dizem os jornais nazistas. Mas as verdades saem pelas frestas das bocas caladas. Fiquei sabendo que uma delas é descobrir quanto tempo um prisioneiro pode resistir na água gelada, antes de morrer por hipotermia. Também testes para estancamento de hemorragias. Eles provocam o ferimento e deixam o prisioneiro sangrar até a morte. Como podem colegas que fizeram seu juramento participar destes horrores?

Os trens com prisioneiros despejam famílias inteiras como mercadoria. Sede, frio, angústia por horas, até que as portas trancadas por fora se abrem e os corpos castigados são enxotados a pancadas. Arrastam-se. Aqui não existe futuro, não existe esperança, as noites são pesadelos sem fim.

O que fazem as pessoas quando sabem que vão morrer? As velas fúnebres estão acesas conforme os costumes dos nossos antepassados. Vejo homens e mulheres sentados em círculo para a lamentação. E rezam e choram durante toda a noite. As chagas nunca irão cicatrizar. Desceu diante dos meus olhos o que nenhum ser humano deveria assistir. A dor do povo sem terra, a dor sem esperança de quem sabe que vai morrer.

Sentimentos estranhos parecem desafiar minha resistência. Se eu pudesse não pensar... O ar exaure. Desfaleço.

XVII
PRÓXIMA ESTAÇÃO: STUTTGART

Mais uma vez é necessária a presença da doutora Josephine Stross, que, temendo um ataque cardíaco, decide diminuir os intervalos da medicação. Freud sente no coração o impacto da viagem. Certa vez confidenciou a Stefan Zweig: *Prefiro pensar debaixo de tormento a não estar habilitado a pensar de todo.*

– *Herr Professor,* irei administrar, além do estimulante cardíaco, um analgésico, o senhor sentirá mais conforto.

Neste momento, o homem, que despreza os remédios para não obscurecerem sua mente, vai depender de analgésicos.

– Não posso me queixar, por um longo período aceitei apenas uma dose ocasional de aspirina.

Josephine prepara a seringa, desinfeta a agulha, passa um algodão com álcool no braço, já comprimido com uma borracha, coloca a agulha no frasco, retira o líquido, e penetra a veia escolhida. Freud não demonstra qualquer sinal de queixa ou de irritabilidade. Quieto, recorda antigos percalços.

A medicação começa a fazer efeito. Josephine já pode sentir-se aliviada. Ele relaxa e respira normalmente. Os membros inferiores não tremem mais.

– Anna me confidenciou que o senhor gosta de desvendar os mistérios dos romances policiais, diz a médica, enquanto retira a agulha e comprime o local com o mesmo algodão embebido em álcool.

– Sempre atribuí valor a elementos insignificantes, lapsos, como esquecer o poema favorito. Atos falhos: errar um nome familiar, deixar de oferecer à esposa suas flores preferidas, não são acidentais e, assim como os sonhos, são pistas. Sherlock Holmes me introduziu na arte de resolver enigmas pela simples observação e dedução. Aliás, aprendi muito com os escritores. A psicanálise se desenvolveu como uma irmã da literatura. Foi lendo em inglês a obra de Julien H. Green, ainda estudante universitário, que descobri, aos vinte anos de idade, o quanto os relatos clínicos assemelham-se a romances.

É o fracasso do recalcamento, a saída da tensão no corpo. Tenho dois corpos, um contido, anestesiado, e outro triste, angustiado. Se eu pudesse não pensar... O excesso de medicação me leva para outro episódio.

No início da primavera de 1884, informei à Martha que havia me interessado pelas propriedades da cocaína, então, pouco conhecida. Um médico militar alemão a havia utilizado para aumentar a resistência dos soldados. Podia levar a algo. Eu estava pensando em utilizá-la para problemas cardíacos e esgotamento nervoso. Em junho desse mesmo ano, concluí um artigo: *Sobre a coca,* que publiquei em setembro. Quando eu era assistente do Hospital Geral, em 1887, manifestei grande entusiasmo pelas propriedades da planta *Erythroxylum coca*, seus efeitos tônicos e euforizantes.

Eu trabalhava alimentado pela esperança de uma grande descoberta que me tornasse célebre. Pensava como Goethe: *Viemos a este mundo para nos imortalizar.* Foi assim que iniciei minhas pesquisas com a cocaína para o tratamento de doenças cardíacas.

Então, um colega, vítima de uma amputação malsucedida do polegar, procurou-me, porque sofria com a abstinência à morfina. Eu queria livrá-lo da droga, indispensável para que ele suportasse a dor. Não havia nada que pudesse aliviar sua agonia. Eu não sabia que uma droga iria substituir a outra. Não sabia que a cocaína causava dependência. Ele largou a morfina e viciou-se em cocaína. Meu amigo tomou grande quantidade por dia, muito além do que eu havia prescrito. O remédio apenas intensificou seus sofrimentos. Carreguei comigo esta culpa que aparece no sonho da injeção de Irma e no da monografia botânica. *Fiz, diz minha memória; não posso ter feito, diz minha consciência. O Homem dos Ratos,* citando Nietzsche, jamais esqueci.

A cocaína é medicação de um lado e veneno de outro. Eu mesmo fiz uso como estimulante e para aumentar o meu bem-estar. Parecia um remédio milagroso para combater a neurastenia e a abstinência sexual. Cheguei a oferecê-lo para a minha noiva, enviando-lhe quantidades moderadas e a recomendando usar meia grama, mais ou menos oito doses pequenas. No meu entusiasmo, comentei com dois colegas oftalmologistas, Karl Köller e Leopold Königstein, as propriedades analgésicas da coca. E foi assim que Köller tornou-se o pioneiro em anestesia local. Perdi minha primeira oportunidade de alcançar reconhecimento. Depois desse período, abandonei a abordagem fisiológica e me voltei ao estudo dos fenômenos psíquicos.

Todos os vestígios pertencem a outra época. É uma inquietação que passa, como uma sombra ou luz enevoada.

A prática hospitalar permitiu-me conhecer diversas especialidades médicas: cirurgia, medicina interna, oftalmologia, dermatologia, neurologia, psiquiatria. O diretor do Hospital Geral, Theodor Meyer, grande mestre da psiquiatria vienense, defendia o substrato orgânico dos fenômenos psicológicos, dedicava seu tempo a estudar a anatomia do cérebro. Ele propunha uma classificação das doenças que eram consideradas parte da vida e todos procuravam compreendê-las, descrevê-las, mas não as tratar. Eu estava interessado na neurastenia, na angústia e levava em consideração a relação terapêutica. Antes, eu havia trabalhado por seis anos no laboratório com Brüke, e escrito uns vinte trabalhos sobre neurologia. Depois, encontrei Breuer, um modelo de médico de família que acreditava na hipnose, uma técnica de adormecimento dos pacientes com fins terapêuticos. Em 1880, assumi o tratamento de uma de suas pacientes, Bertha Pappenheim, e quatro anos mais tarde, atendi outra mulher com distúrbios idênticos, o que me levou a Charcot, o maior especialista em histeria.

Nem sempre Freud tem um bom sentido de orientação. Os horários ferroviários acham-se além da sua compreensão. Olha pela vidraça e tem por alguns instantes a sensação de que o trem tomou a direção errada. Ao passar o empregado do vagão-restaurante, pergunta quanto tempo ainda para a próxima parada. Ocorre-lhe que pode descer e tomar o trem na direção oposta. A cada estação pensa em saltar, mas algo o impede. Embalado pela marcação ritmada do trem que ganha velocidade, atende o apelo do sono.

– Papai, estás me ouvindo?

– Sim, Anna.

– Mamãe gostaria que estivéssemos todos juntos no momento de atravessar a fronteira. Pediu-me para chamar Josephine e Paula, quando chegar a hora. Concordas?

Faz sinal que sim com a cabeça. A filha o ajuda a beber um pouco d'água. Ele despertara no meio do tormento do *Homem dos Ratos* e uma frase de Dora, outro de seus casos clínicos. Freud esboça um leve sorriso ao pensar no pequeno sonho. E o quanto é boa a companhia de sua filha caçula.

Pega o relógio na mesinha, duas horas e quinze minutos. Calcula o tempo que ainda falta para atravessarem a fronteira. Não trago nada além de lembranças. Pensa nestas palavras e se dá conta que a viagem se faz em dois planos. Um do mapa real, entre Viena e Paris, e outro com ausência cronológica, o tempo do inconsciente. Duas faces de uma mesma experiência.

E o trajeto se confunde com os afetos e vivências.

XVIII
A CAMINHO DO RENO

A máquina apita, algumas pessoas voltam a subir no trem, e partimos. Próxima estação, Kehl, às margens do Reno. O comboio faz longa curva, enquanto uma nuvem densa de vapor e fuligem é expelida pela chaminé. As imagens correm pela janela em sentido contrário, como se o trem retrocedesse.

Escuto o apito, tenho medo, muito medo. A máquina surge com o enorme farol aceso, resfolegante, expelindo fumaça pelas rodas e chaminé. Uma visão dantesca do inferno. Grito. Sento-me na cama. Minha mãe acolhe-me em seus braços. *O que houve, meu Sig de Ouro?* Não sei dizer. Choro. Ela deita-se um pouco comigo e o calor do seu corpo me dá uma sensação de conforto. Estou quase adormecendo quando meu pai vem do quarto contíguo e a chama. Ela levanta-se e coloca a camisola, vejo-a com as costas nuas. A locomotiva dá mais um apito. Choro de novo. Não quero que ela me deixe para ficar com ele.

O trem dá mais uma sacudida e minha cabeça bate levemente contra o vidro da janela. Bastaram alguns minutos de adormecimento e me veio esta lembrança de uma viagem de Leipzig a Viena, em 1890. Foi quando iniciou a obscura ligação entre este fato, o medo de viajar de trem, o temor de um acidente.

Venho de uma longa linhagem de comerciantes da Galícia. Nasci em 6 de maio de 1856 em Freiberg, na Morávia, número 117, da Rua dos Serralheiros. Freiberg significa montanha livre; hoje chama-se Pribor e faz parte da República Tcheca. Sou o primogênito de Amália, minha mãe. Fui batizado com o nome do meu avô, Schlomo Freud Sigismund. Ela teve oito filhos em dez anos. Julius faleceu ainda em Freiberg e, nos anos seguintes, nasceram Anna, Rosa, Mitzi, Adolfine, Pauline e o caçula, Alexander. Sempre fui o predileto, costumava conversar em *iídiche* comigo; estava convencida de que eu me tornaria um grande homem e transmitiu para o meu pai e meus irmãos, que passaram a me admirar. Eu tinha um quarto só para mim, enquanto os outros dormiam no mesmo cômodo. Às vezes até fazia as refeições lá mesmo, para não interferir no meu trabalho. Minha mãe era boa instrumentista, mas se desfez do piano para não perturbar meus estudos. *Mein goldener*, ela dizia. O silêncio era meu som preferido.

Aquele que foi o favorito de sua mãe irá desenvolver um sentimento de amor-próprio triunfante, uma confiança nele mesmo, e um otimismo invencível.

Quando eu tinha nove anos, comecei a estudar latim na *Eneida,* de Virgílio, e na *Metamorfose,* de Ovídio, e passei no exame de admissão do curso médio ou *Gymnasium.* Aos dezessete anos, no exame final, traduzi versos de Sófocles, do *Édipo Rei*. Lia a *Ilíada* e a *Odisséia* em grego. Nesta época, um professor elogiou o meu estilo. Eu estudava filosofia, lia Goethe e Shakespeare desde cedo. Aos dezoito anos, fundei, com meu amigo Emil, a Academia Castelhana e estudávamos horas o espanhol. Cervantes passou a ser um dos meus autores prediletos.

Meus meios-irmãos Philipp e Emmanuel imigraram para Manchester, na Inglaterra. Ambos fizeram fortuna no ramo têxtil e de joias. Eu também queria conquistar Roma. Anna, minha irmã mais velha, casou-se com Eli Bernays, irmão de Martha.

Conheci Martha em abril de 1882. Dia 17 de junho, apenas dois meses depois, estávamos noivos em segredo. Meu tesouro, uma mulher estável emocionalmente, firme e bondosa, amável e prática. Em nossas cartas, todas as hesitações, estados de ânimo, sonhos. *Minha doce princesa, você me dá não apenas objetivo e direção, mas também tanta felicidade...*

Temos uma filhinha, Mathilde, ela pesa três quilos e quinhentas gramas, é meio feinha e, desde o primeiro momento, tem chupado o dedinho da mão direita; bem-humorada, se comporta como se estivesse realmente à vontade.

Nas férias de verão, eu tinha muito tempo para meus filhos. Procurar frutinhas silvestres, cogumelos, fazíamos caminhadas, brincadeiras. Sophie, aos três anos, no casamento de Rosa, minha irmã, com os cabelos enrolados e a coroa de miosótis, era a coisa mais linda. Quando mudamos para a Berggasse, Mathilde completou oito anos. Martin, desde cedo, escrevia versinhos: *Diz a corsa: Lebre, quando você engole, a garganta ainda dói?* Ernst, claro, sempre à frente, um sujeito endiabrado. Oli tem muito boa índole, participa dos jogos e perde com calma.

O que mais custava a Martha era cuidar de uma doença atrás da outra dos filhos. Em 1896, ela estava com trinta e seis anos. Tinha fortes crises de enxaqueca. Anna tinha pouco mais de dois meses. O tempo passou muito rápido. Nesta época, eu sonhava em dar a mão de minha filha mais velha a Ferenczi, intelectual e clínico criativo. Mas Mathilde escolheu Robert, de quem gostamos muito.

Numa ocasião quebrei várias obras de arte, joguei um chinelo num gesto brusco e impulsivo. Foi como um ato de sacrifício pelo fato de Mathilde estar gravemente enferma. Anos mais tarde, ficamos alguns dias em Roma e tivemos que retornar depressa, pois Mathilde adoeceu durante uma gravidez e precisou fazer um aborto; desde então não teve filhos.

Sophie casou-se com um fotógrafo hamburguês, Max Halberstadt. Martin é advogado e conduzia a Editora Psicanalítica. Deu-nos dois netos, Anton e Miriam. Noite de 10 de março de 1914, por volta das três horas, um menininho, meu primeiro neto, nasceu. Oliver, mais tarde, nos deu a adorável Eva. Ernst, o arquiteto, como todos o chamam, sempre elegante, casou-se com Lucie e tiveram três filhos: Stefen, Lucian e Clemens.

Os netos pequenos, eu sentado no chão com as pernas cruzadas à maneira oriental, contando histórias dos irmãos Grimm. A vida doméstica me deleitava, era meu pequeno mundo de felicidade.

Pela janela interna da Berggasse 19 entram os primeiros raios de sol. Paula chega ao escritório em torno de oito horas, ainda há cheiro dos charutos no ar. O sábio chinês na borda da escrivaninha. Livros em todas as paredes até o teto. Eu comprava mais livros do que podia e lia obras clássicas noite adentro. Marcava as páginas com palitos de fósforos. Sempre preferi fósforos a isqueiros, eram mais baratos.

Oito horas da manhã. O barbeiro bate à porta. Paula o recebe. Enquanto tive condições, cuidava da barba e do cabelo (em que eu gostava de colocar um pouco de perfume). Fazia a contabilidade dia a dia. Atendia das quinze horas até vinte e uma, e, em seguida, vinha o jantar. Então, seguia-se uma caminhada, em que eu podia comprar charutos ou ver as provas na tipografia. Muitas vezes, Martha ou as filhas me acompanhavam. Podia-se tomar um café ou sorvete no verão, ler os jornais. Na volta, eu organizava a correspondência e a levava muito a sério. E dedicava meia hora para a autoanálise. Lia e escrevia até a uma da madrugada.

Mãe, receba a notícia da morte de Sophie com calma. A tragédia, afinal, tem que ser aceita. Mas chorar essa menina esplêndida, cheia de vida, que era tão feliz com seu marido e seus filhos, naturalmente, é permitido. Minha doce Sophie estava grávida do terceiro filho e morreu de gripe espanhola. Não havia trens depois da guerra e Martha e eu não pudemos acompanhar o funeral de nossa filha.

Enquanto minha mãe estava entre nós, aos domingos pela manhã, íamos sempre para sua casa; era uma tradição de família. Como estarão minhas irmãs? A perda de Emmanuel foi dolorosa. Café com torta caseira de nozes, Jofi correndo no pátio, lírios, orquídeas. Ela adorava todos os netos e os considerava perfeitos. Havia nela muita vivacidade. Manteve-se vaidosa e bonita até o fim. Viveu noventa e cinco anos e morreu de tuberculose.

Freud acaricia Lün-Yu, que está aconchegada em seu colo. Como os anos transcorrem rápido, velozes. Olha mais uma vez pela janela em busca da lua. Fecha as pálpebras.

Voltam à superfície impressões submersas. É o ano de 1931 e acabo de completar setenta e cinco anos. Estou novamente no lugar onde nasci. Está sendo inaugurada e colocada no prédio, pelas autoridades de Pribor, uma placa em minha homenagem.

Em 6 de maio de 1856, nasce nesta cidade o Professor Doutor Sigmund Freud, psicanalista de fama mundial.

Em agradecimento proferi as palavras:

Continuo a ser o menino feliz de Freiberg, o primogênito de uma jovem mãe, e deste ar e desta terra recebi as primeiras indeléveis impressões.

A natureza foi fator fundamental para o desenvolvimento do meu senso estético. Gostava de ouvir seus sons e silêncios. Tenho lembranças saudosas de Freiberg, época dourada e serena, lá não havia gueto, vivíamos em liberdade. Apaixonei-me por Gisela Fluss...

Meu pai, que trabalhava no ramo têxtil, um pequeno comerciante de lã, perdeu todos os seus recursos com a crescente industrialização e fomos obrigados a ir embora. Mudamo-nos para Leipzig e depois para Viena. Eu tinha quatro anos, Anna já estava conosco quando a minha família se instalou num subúrbio popular, habitado por judeus pobres. Não quero recordar esses tempos difíceis, coloquei um véu sobre eles, prefiro minha existência idílica no paraíso da infância.

Freiberg é uma pequena cidade do século XIII, construída numa colina, rodeada por bosques, com suas casas de arcos de pedras e paredes indestrutíveis. Minha família alugou um quarto em cima de uma oficina de ferreiro, cuja janela eu vejo montanhas com tons de verde ou cobertas de neve. Moramos em meio a um emaranhado de ruas estreitas a um passo da praça em que há uma igreja de uma torre só, que se reflete no espelho do Rio Lubina, onde costumo brincar. Há outras igrejas além da próxima à nossa casa. Vou à missa, aos domingos, com a minha babá tcheca.

Aqui vivo num santuário de liberdade. Sou um botânico amador, adoro entrar nesses bosques entre fachos de luz e a sombra de pinheiros pontudos, cortando por atalhos repletos de bétulas esbeltas e prateadas. Meus pés ligeiros fazem um ruído gostoso nos galhos e folhas secas. Sigo saltitante, respirando a plenos pulmões e sentindo o cheiro verde e colorido do mato rasteiro, com suas flores selvagens, onde costumo rolar. A intensidade de luz se modifica dependendo da estação do ano, da hora do dia e das condições atmosféricas, o que afeta sombras, contrastes e sensações de temperatura. Observo a luz difusa e suave sendo filtrada por cortinas translúcidas de ramagens, provocando distintas zonas de claro e escuro. Estou ávido por encontrar cogumelos e descobrir plantas inusitadas, gramíneas cuja cor é afetada conforme a superfície refletida.

Na ceia da véspera do Ano Novo, comandada pelo meu avô, todas as crianças seguravam velas nas mãos. Não existe símbolo mais significativo do que uma vela acesa... É o verdadeiro coração de toda religião. O Sabá não era festejado, não tive o bar *mitzvah,* mas fui circuncidado.

Imaginava minha mãe usando a coroa incrustada de pedras: cornalinas, lápis-lazúli, decorada com a serpente sagrada do Egito. Sentada no trono ao lado de Osíris, a divindade mais significativa da minha coleção. Cada indivíduo devia se submeter à cerimônia antes de ser autorizado a ingressar no além. Osíris supervisionava a *Pesagem das Almas*. Levo comigo, no bolso do colete, o escaravelho, simbolizando o renascimento da psicanálise. Na morte, o amuleto ajuda na ressurreição. A palavra amuleto significa *protetor*, aquilo que traz segurança, revigora.

A Dra. Josephine pede, como no *Livro dos Mortos:*

Oh, meu coração... Não se manifeste. Contra mim como testemunha, diante do guardião da balança!

Minha médica, amuleto mágico, destinada a impedir que isso aconteça. Se eu recuperar a minha coleção, vou presentear a Dra. Josephine com a escultura de Imhotep, deus do saber e da medicina.

XIX
SAINDO DO INFERNO

Estou em trânsito, esperando a próxima parada, buscando atravessar a fronteira. Deslocado pela imposição, sendo forçado a me adaptar. Descarrilado, marcado por ambiguidades, equívocos, extravios, trajetos estranhos. Nesta viagem de memórias e sentimentos produzidos por este percurso, há uma bifurcação, e as ruínas expostas do que ficou pelo caminho.

A aproximação é lenta. Vê-se uma enorme bandeira com a suástica. Na larga plataforma, holofotes iluminam em cheio uma pequena tropa da SS. Mais longe estão estacionados caminhões. Olho pela janela e vejo alguns soldados, de pernas abertas, com rostos impassíveis, que fazem escolta aos que vieram inspecionar o trem na fronteira com a França. Um deles aponta o dedo cortando o ar num gesto que ameaça. O homem que estava fumando é afastado à força de gritos e empurrões, latidos de cães. Tudo é hostil. Abrem-se as portas, pestilência. Os soldados *invadem* o trem com fúria. Na densa escuridão, à maneira de despedida, a polícia executa uma tumultuada inspeção no comboio.

Depois de um tempo, abre-se a porta da nossa cabine. Cessa todo o barulho. Entram dois deles. Um loiro bate os calcanhares fazendo a saudação hitlerista. O outro, um oficial, olha carrancudo e ostenta desconfiança. Anna levanta-se com nossos documentos e os entrega. Ele os pega com mãos brutas. O crânio é maciço, daí a impressão de ser de ferro. Uns cinco dedos acima da sobrancelha o limiar do cabelo raspado. O nariz e o queixo duros e compactos. As mãos feitas para bater conferem os papéis. Olha um a um e não diz nada. Estamos imóveis, quase sem respirar. Escutamos um único som, que parece retumbar dentro da cabeça, do peito, querendo saltar pela boca. Um deles olha as fotografias de maneira minuciosa e nossos rostos gelados. Neste momento, noto que Martha está retraída entre os ombros, mas mantém o autocontrole de sempre. Paula, completamente pálida, segura nossa cachorrinha com medo que ela reaja. Josephine, sentada de frente para mim, com os lábios secos, entreabertos. Anna aguarda em pé. Sempre toma a frente, resolve tudo. É minha rocha de bronze. O risco é grande, todos sabemos. O olhar espectro conferindo um a um, rosto e fotografia. Cada minuto é penoso. Agora não tiro os olhos de Anna. O homem anota algo em uma caderneta e devolve os documentos com o punho quase fechado. Um olhar é trocado entre os dois e saem. A porta se fecha atrás deles.

Estamos quietos, cada um do seu modo. Preciso tomar fôlego. Quanto sofrimento mais haveremos de passar? Quero sair de cima dos trilhos alemães. Quanto tempo até conferirem cabine por cabine?

O trem continua imóvel. A porta é aberta outra vez. Por instantes, nova apreensão. Mas não, é o condutor vienense que nos deixa na fronteira e vem se despedir. Um infeliz que precisa ficar.

– Gostaria de poder seguir com o senhor, *Herr Professor*.

Faz um cumprimento gentil e fecha a porta.

Tivemos que esperar muito até soar o apito e o trem começar a se mexer. Estou numa bruma de esgotamento. Escuto vozes em *iídiche* e em hebraico. Retiro o relógio do bolso do colete; comprei-o porque o meu velho sequer marcava a hora certa. Duas horas e quarenta e cinco minutos da madrugada. Começamos a travessia da ponte de aço em Kehl, sobre o Reno. Temos boas chances de retornar ao mundo civilizado. Olho mais uma vez meu relógio de prata. Os ponteiros quase parados. Vontade de interferir, de rodá-los para frente. Necessito tanto de um charuto. Eles me ajudam a suportar a angústia, queimando boca e garganta. Exaustão dos nervos. Cada sopro de vento provoca arrepios. Precisamos aguentar mais alguns metros.

O trem atravessa o arco da entrada, desliza pela ponte. Temos que segurar a emoção. É um esforço que exige muito de nós. Trezentos metros com aquele ruído metálico e a treliça de ferro nas laterais e cobertura. Sinto-me um judeu errante, roubado do meu lar. Prendo a respiração. É arriscado olhar para trás.

Hoje, 5 de junho de 1938, às três horas da madrugada, o Expresso do Oriente cruza a Ponte do Reno e chega na França.

– Estamos livres.

Digo essas palavras e respiro o ar fresco, sentindo-me estranhamente leve. Vai se acabando esta longa viagem no limiar do inferno. Após as mais grotescas complicações, estamos em solo francês e vejo da janela um posto da *douane*. Nossos corpos respondem aliviados com suspiros e sorrisos. Josephine está com os lábios machucados de tanto mordê-los. Porém todas as mulheres enfrentaram, de forma corajosa, esta travessia. E conversam como será bom encontrar com a Princesa Marie Bonaparte. Tenho vontade de tomar um gole de vermute e de fumar um charuto para celebrar.

– Com certeza teremos que fazer força para ir embora da sua casa em Paris, diz Anna.

– A Princesa é encantadora, concorda Paula, que permanece com Lün-Yu em seu colo.

Martha olha-me com carinho:

– *Sig*, agora precisamos nos recolher.

Anna pensa o quanto gosta da sua maneira de ser. Sempre cuidou de todos nós com dedicação. E tudo funciona na hora exata, com suavidade.

– Acho que vou querer comer algo, mãe.

– Sim, me apetece também uma comida quente, uma sopa leve ou chá, diz Josephine.

Anna responde com um olhar de cumplicidade para a amiga e depois volta-se para a mãe, tentando conciliar.

– Isso mesmo, não engolimos nada há horas e depois devemos tentar dormir um pouco.

– *Nein, nein, nein*! Antes vou fumar um *trabuco*. Já estou quase morto mesmo...

Olha para a *Frau Doktor* e se lembra que, por muito tempo, considerou que o único defeito de Fliess era não fumar. E complementa: Se Minna estivesse conosco, nos convidaria para um jogo de Tarô.

Paula acomoda a cachorrinha no colo de Freud e se despede para facilitar o momento. Gosta muito de Martha, que sempre tratou os empregados com bondade.

Josephine sorri do humor do seu paciente, no entanto não confessa que não sabe jogar cartas. Olha para seus olhos profundos e diz:

– Sentirei saudade do Parque Prater, para mim, o centro da moda de Viena.

– Já estiveste na casa de campo de Anna e sua amiga Dorothy? Lamento que a senhorita Josephine nunca tenha visto nossa casa e jardim em Grinzing, é o lugar mais bonito que já tivemos, um verdadeiro sonho e a apenas uns doze minutos de carro da Berggasse.

– Eu também sentirei falta do Prater, sem dúvida o local de diversão em Viena que mais me traz recordações da nossa infância. Aquele enorme parque de diversões com o circo permanente. Depois os concertos, cafés e as margens do Danúbio.

– Eu, do Café Landtmann, o meu *habitué*, embora não considere pertencer a nenhum lugar além de Freiberg.

Risca o fósforo, gira o charuto durante alguns segundos a cerca de um centímetro da fonte de calor e puxa uma ou duas vezes de forma regular, acendendo-o. Dá uma longa baforada e se delicia. O *trabuco* abre com pimenta, característica de um Havana curto, 58 milímetros de diâmetro, capa escura como este. Mais algumas baforadas e o espera evoluir...

No segundo terço já está completamente relaxado e o sabor mais amanteigado com aroma penetrante de nozes, café preto e chocolate.

XX
SEMPRE SE FALA PARA ALGUÉM

Esta ponte que atravessamos sobre o Rio Reno divide duas cidades: a francesa é Strasbourg. Uma cidade histórica com suas fortificações, pontes, casas em enxaimel, os canais, a catedral. Nesta região da Alsácia-Lorena, há uma vila medieval que aprecio: Kayserberg.

– Quanto tempo teremos que esperar para que o restante da humanidade também se torne pacifista?

– Falando sozinho, papai?

– *Nein*! Com Einstein.

– Hum! O rebaixamento dos padrões estéticos na guerra...

– Tudo o que estimula o crescimento da civilização trabalha simultaneamente contra a guerra.

– Tenta dormir, papai.

Estou fatigado e não durmo bem há dias. Agora que já passamos pela aduana francesa e tudo está em ordem, vou deitar-me. Em seguida Lün-Yu vem acomodar-se junto a mim. Acaricio seu pelo e me deixo seguir, embalado pelo trem.

Nanni, minha babá, Gisela, meu amor adolescente... *Como uma velha lenda, quase extinta, voltam os primeiros amores, a primeira amizade.* Goethe tornou-se um companheiro inseparável de viagens. Sei de cor, desde a adolescência, muitos dos seus versos ou falas de personagens.

Um sonho passageiro me levou à intuição de que eles representam a realização de desejos. Em outras férias de verão, passei a trabalhar mais nessa teoria. No final de quatro anos, depois de muita pesquisa e analisando meus próprios sonhos, em meio à intensa criatividade, escrevi o livro dos sonhos, o mais importante da minha vida. Passei a interessar-me pelos resíduos de memória da minha infância. Não se resumiam a sonhos, mas a lapsos, à associação livre.

A interpretação dos sonhos deu-me algumas ideias a respeito da sexualidade, lembranças encobridoras, atos falhos e chistes. O que me levou a escrever outros artigos: *Psicopatologia da vida cotidiana*, *O chiste e sua relação com o inconsciente*, *Os três ensaios de uma teoria da sexualidade*; os dois últimos de 1905, ano em que também publiquei o *Caso Dora.*

A morte do meu pai fez com que eu mergulhasse no inconsciente e realizasse a minha autoanálise aos quarenta e três anos. Cheguei atrasado ao seu velório. Fui ao barbeiro, naquela manhã, como de costume. Segundo a tradição judaica, durante o período inicial do luto é proibido barbear-se ou cortar os cabelos, assim como qualquer outro cuidado com a aparência pessoal, inclusive olhar-se no espelho. Não fui ao enterro de minha mãe e lamentei não estar no de Sophie, em Hamburgo. As lembranças surgem de todos os lugares neste trem.

Escolhi o sonho como um dos exemplos do trabalho mental. Sonhar é uma experiência normal e universal. Eu não inventei o inconsciente, mas o levei a sério. Esta ligação entre o inconsciente e a repressão; de que a maior parte do inconsciente consiste em materiais reprimidos, levou-me ao estudo mais profundo da neurose.

Meu amigo Wilhelm Fliess, otorrinolaringologista e biólogo, demonstrava sólida compreensão das minhas teorias e fornecia apoio. Era leitor atento dos meus manuscritos e ensinou-me sobre a bissexualidade. Gostava de numerologia e escrevia sobre os períodos sexuais, os ritmos masculinos de vinte e três dias, ciclos fisiológicos. Ainda em 1897, falei a ele sobre o complexo de Édipo, encontrado em mitos, tragédias, sonhos e contido nos conflitos privados nutridos pelos desejos de morte em relação aos rivais, que poderiam ser pais ou irmãos.

Certa vez lhe escrevi: *Os véus caíram e, desde os detalhes das neuroses até os elementos da consciência, tudo ficou transparente, parecia se encaixar, as engrenagens se entrosavam.* À época, eu tinha persistência de jovem, entusiasmo e rigorosa plasticidade de pesquisador. E precisava de toda essa energia concentrada. Meus pacientes me davam prazer porque ofereciam grande contribuição para as pesquisas. Eu passava as noites, das vinte e três horas até as duas da madrugada, lendo, traduzindo, estudando e imaginando.

O principal paciente do qual me ocupava era eu mesmo. Sem dúvida, a análise mais difícil que qualquer outra que enfrentei. Ela me consumia todas as forças psíquicas, contudo sempre acreditei que era preciso fazê-la. Era uma etapa necessária em meus trabalhos, o acontecimento mais importante que eu vivia. Nem sempre foi solitária, uma parte realizei por meio das cartas secretas a Fliess. Não posso negar o emaranhado entre minha vida pessoal e a psicanálise. Não há autoanálise, se ela não for falada a alguém. Sempre se fala para alguém.

Até minhas descobertas, as pessoas costumavam dar um sentido simbólico para os sonhos ou decifrá-los como um todo, usando uma chave ingênua. Depois de analisar mais de mil sonhos meus e de meus pacientes, descobri que o sonhador distorce ao sonhar, e, para desvendar seu sentido latente, devemos tomar de forma isolada cada elemento em associação livre. Uma sequência de ideias produzidas pelo analisando, invisíveis, porém unidas de maneira indissolúvel. O sonho é a realização disfarçada de um desejo infantil inconsciente, que pode vir pelo oposto para burlar a censura.

Os vestígios do dia proporcionam acesso mais fácil para a interpretação dos sonhos. O próprio sonhador é quem faz a interpretação. Mas como ele é desfigurado, e segue a lógica do inconsciente, o intérprete precisa ir além da compreensão de deslocamento e condensação. O sonho desconhece a causalidade, a contradição, as pessoas são mistas, o tempo é simultâneo, não expressa a negatividade de forma direta, disfarça seus verdadeiros alvos.

A imagem esmaece... Freud umedece os lábios com a ponta da língua. O ruído contínuo do trem provoca-lhe um leve formigamento nos pés e sente os olhos pesados. E continua rememorando.

Eu havia anunciado a Fliess, com ar de descoberta, que só se poderia entender as neuroses tendo como base a bissexualidade. Ele me chamou atenção de que havia avançado nessa ideia anos atrás e que eu me interessara por ela. Refleti sobre isso, concordei que ele estava certo e que eu havia esquecido a paternidade referente a esse conceito. Ele tinha o direito de reivindicar a prioridade. Não sei como reprimi a conversa anterior e me apropriei de um crédito de forma injusta. Foi algo desagradável, em que fui obrigado a reconhecer um desejo secreto por trás do autoengano. Tive que admitir minha ambição e que desejava triunfar.

Um dia acordei e me lembrei desse sonho, que veio a se tornar histórico, foi o primeiro que interpretei com minúcias. Uma mescla de notícias familiares e preocupações com o trabalho. A partir dele expliquei que o desejo é distorcido e dramatizado. Eu não queria ser responsável pelo estado de Irma. Temia o julgamento e a crítica de Breuer, que continuava sendo uma autoridade para mim e que funcionava como um supervisor. Na noite anterior, havia redigido o caso para a apreciação dele, uma espécie de superego.

Fui interpretando imagem por imagem, palavra por palavra, e o pensamento foi se ramificando e remontava a uma ocasião em que receitei, de boa-fé, uma droga e esta levou à morte um paciente. Eu me questionava se era culpado. No sonho afirmava que a paciente é que tinha culpa por não seguir a minha solução. Apareciam minhas fantasias sexuais, minha preocupação com a doença dos outros, com o Dr. Breuer, minha mulher, meu irmão, minha filha mais velha. Ora era eu, ora era Fliess, o culpado. Eram recordações penosas. No sonho de Irma trato de justificar-me, alegando ser um médico consciencioso e diligente.

Naquela época, pedira para Fliess examinar esta paciente. Eu considerava que o sintoma fosse psicológico, no entanto me preocupava que pudesse estar errado no diagnóstico. Então ele veio de Berlim a Viena e decidiu operá-la. Mas a operação não trouxe nenhuma melhora.

As dores nasais e a hemorragia se intensificaram, começou um odor desagradável. Tive que chamar um cirurgião da cidade; Irma sangrava muito. Ele tirou um coágulo. De repente, puxou algo que parecia um barbante e continuou puxando um bom meio metro de gaze que tinha sido esquecida na cavidade nasal. A paciente quase desmaiou e eu fiquei nauseado, precisando beber água pela situação difícil em que me encontrava.

Protegi o meu amigo da evidente acusação de negligência ou quase imperícia. A verdade é que, depois da cirurgia, eu tinha sido injusto com Irma; seus sangramentos não eram de origem histérica, tinham sido provocados por uma gaze. Não eram sangramentos do desejo. Talvez tenha se rasgado quando ele puxou... Não queria crer que a gaze tivesse sido esquecida. Eu não deveria ter pressionado Fliess a operar numa cidade estranha. Ele se mostrou ofendido com alguns comentários. Tentei acalmá-lo. Naturalmente ninguém o censura, afirmei, acontece com o mais prudente e afortunado cirurgião. Eu o defendi e me recusava a enxergar a realidade. E, por anos, mantive silêncio sobre a embaraçosa questão. Entretanto, quando saiu o meu livro, muitos conhecidos identificaram o *sonho da injeção de Irma* e Fliess achou que o expus em demasia. Mas ele continuou a ser meu amigo. Na minha vida, a mulher nunca substituiu o amigo, disse-lhe.

Um solavanco mais forte do trem. A cachorrinha Lün-Yu ergue a cabeça, as orelhas atentas. O livro cai das mãos de Freud. Lamentável, ele pensa, estava quase pegando no sono. Lün-Yu enfia-se entre seus pés, tratando de dormir novamente. O professor tateia o chão em busca de Goethe.

Lembrei que, na manhã do dia seguinte ao sonho, tive uma fantasia diurna. Se eu tivesse a *felicidade* de sofrer de glaucoma, iria a Berlim e me faria operar, em casa de um amigo, por um médico conhecido dele, ao qual, porém, não diria quem eu era. Ele, então, poderia falar-me da facilidade de realizar tais operações usando a cocaína como anestésico. E eu não revelaria que participara desse descobrimento.

Por trás dessa fantasia se ocultava a lembrança de um evento. Pouco depois do descobrimento do Dr. Köller, meu pai teve glaucoma e foi operado pelo Dr. Koenigstein, amigo meu. O próprio Dr. Köller encarregou-se de fazer a anestesia por meio da cocaína e, ao terminar a operação, nos disse que. em razão dela, reuniríamos os três que haviam participado da sua introdução como anestésico.

Descobri que o sonho não corresponde à lembrança, mas, sim, a uma fantasia. A lembrança pode ser encobridora, embora possa conter a fantasia. O que realmente está reprimido?

O sonho da injeção de Irma leva-me para outro episódio. Fliess publicou seu tratado sobre a periodicidade e a bissexualidade. Um livreiro e jornalista, incitado por ele, acusou-me de plagiador. O que me feriu, pois suas citações foram extraídas de nossas comunicações privadas. Foi quando ocorreu a separação definitiva do mais íntimo confidente em quem eu investi as mais profundas emoções.

Arthur Schnitzler, com sua aguda percepção do mundo interior, escreveu um poema:

Os sonhos só ousam sair
Furtivamente à noite:
Sonhos são anseios desprovidos de coragem,
Desejos insolentes que a luz do dia
Encurrala no canto de nossa alma
E dali apenas à noite ousam rastejar.

XXI
O GUARDIÃO DO SONO

O vento estala nas janelas num inverno por volta de 1450. Todas as casas da cidade são de pedra. Os telhados em ponta ajudam a escorrer a neve. O viajante pergunta: Aqui é Strasbourg? O olhar opaco e fixo de Gutenberg parece atravessá-lo, como se falasse sozinho... Aprendi a trabalhar o metal com meu pai e tio, artesãos da Casa da Moeda. Vi prensas de uva e, depois, uma de cunhar moedas. Os moldes de madeira existem desde a Dinastia Song, na China, para a impressão de gravuras. Combinei essas várias invenções...

Freud acorda rindo do sonho. Entrelaçam-se mil fios, vão e vêm as lançadeiras, e um único movimento estabelece mil uniões, faz brotar invisíveis fios. Olha novamente o relógio. Dormiu três quartos de hora. Ao atravessar Strasbourg, deve ter ouvido o nome da cidade e inseriu os estímulos externos no sonho para não o interromper. Desta forma, pensa ele, defendi o meu sono do que iria perturbá-lo. Vou permanecer imóvel, assim não acordo mais ninguém.

Então veio o segundo sonho, o da monografia botânica, que também interpretei. Até que meus pensamentos me levaram para a última vez em que tive que recordar toda aquela história da cocaína. Isso se deu quando li uma congratulação em que alunos e ex-alunos do laboratório testemunharam seu agradecimento ao corpo de professores. Entre os títulos de glória da instituição citava-se o descobrimento do Dr. Köller, da propriedade anestésica da cocaína. Notei, naquele momento, que meu sonho estava relacionado com um acontecimento da tarde anterior. Conversei com o Dr. Koenigstein e fui acompanhando-o até sua casa. Na entrada encontramos o professor Gaertner e felicitei meu amigo pelo aspecto florescente de sua jovem esposa. Ele, um dos autores da congratulação. Todas as vias mentais desembocaram na minha conversa com o oculista. Meu sonho representava, novamente, o caráter de uma justificação, análoga ao da injeção de Irma, antes analisado.

Trato de justificar-me, alegando ser um bom médico e faço constar no meu sonho que sou o autor de um valioso e utilíssimo trabalho sobre a cocaína. A conversa com meu amigo levou cerca de uma hora e provocou-me a emergência de lembranças acompanhadas dos mais diversos sentimentos conflituosos, que formaram o sonho. O trabalho do sonho tem como função converter impulsos e lembranças inaceitáveis numa história inofensiva capaz de neutralizar seu impacto e permitir que se expressem. Nos damos o trabalho de sonhar. Então, o que foi estimulado na vigília, não foi insignificante.

Nesta época, eu dava-me conta dos elementos intermediários e do deslocamento dos assuntos mais importantes para os menos importantes, forçando, deste modo, o caminho para a consciência. É o que chamamos deformação onírica e, assim, burlamos a censura que vigia a comunicação entre o inconsciente e o consciente. A intenção inconsciente exige que a exibição prossiga e a censura, que ela se interrompa. Esse é o conflito de vontade.

A análise do sonho revela a fonte verdadeira, a mais importante cuja lembrança deslocou seu acento para outra, indiferente ou insignificante. Naquela época, apesar do meu pouco conhecimento, tinha que obter resultados terapêuticos. Este sonho evocou um triste acontecimento profissional. Pela continuada prescrição de uma substância, o sulfonal, que se acreditava ser inócua, provoquei grave intoxicação em uma paciente, tendo que apelar para o Dr. Breuer. A enferma sucumbiu à intoxicação e tinha o nome da minha filha mais velha, Mathilde. No sonho, era uma substituição de pessoas. Era essa Mathilde pela minha. Sinto dor no peito. Sou culpado ou não sou culpado? A culpa não era pelas dores de Irma, mas pelas fantasias que se expressavam por meio das dores...

– Fiz isso, diz minha memória, não posso ter feito isso, diz meu orgulho...

– Continuas falando sozinho?

– *Nein!* Com minha filha Anna. Onde estamos?

– Tu és impossível mesmo. Acho que estamos perto de Nancy.

– Me acorda quando chegarmos lá.

A morte do meu pai resultou numa profunda experiência pessoal, e muito das minhas descobertas mais penetrantes se inspiraram em ideias autobiográficas. Lembrei que Arnold Zweig queria escrever a minha biografia, mas eu não aceitei. Considero que o biógrafo se entrega a mentiras, a ocultamentos, à hipocrisia, a embelezamentos e mesmo à dissimulação de sua própria falta de entendimento, pois nunca se alcança a verdade biográfica. Foi justo para ele que eu afirmei ter iniciado o Moisés por não saber o que fazer com as horas vagas no verão de 1936. Este amigo escritor, acompanhado de Arthur Schnitzler, Romain Rolland e Thomas Mann, foi meu interlocutor fundamental, além dos clássicos.

Todos os universitários alemães foram profundamente influenciados por Goethe. Eu tinha os mesmos interesses científicos que ele: botânica, geologia, óptica, arqueologia, direito, medicina. A figura de Eros vem da sua obra, o ciúme de Werner por Charlotte, *o amor é encantamento, é feitiço.* A figura vacilante do Fausto. Ressonância, afinidade.

A morte do meu pai impulsionou-me para que eu pudesse edificar toda a minha obra. Ele tinha insuficiência cardíaca. Tenho que me poupar. Anna costuma dizer que as mulheres resistem mais do que os homens. Meu trabalho sempre foi a melhor defesa contra o desespero.

Enquanto eu escrevia a *Interpretação dos Sonhos,* tornei-me um colecionador de arte. Sou contemporâneo das mais importantes descobertas arqueológicas. Em 1871, meu herói Heinrich Schliemann e sua equipe desenterraram Troia. Depois, em 1900, o início das escavações do Palácio de Minos, em Creta. Mais tarde, o Túmulo de Tutankamon. Equiparo o psicanalista a um arqueólogo, que deve descobrir a mente, camada por camada, antes de alcançar os tesouros mais profundos e valiosos. Eu observo meus pacientes com a mesma atenção com que os escuto. Sou sensível às impressões visuais. Sempre me considerei um explorador e, com sorte, posso trazer à luz do dia, após longo sepultamento, os vestígios inestimáveis, ainda que mutilados, da antiguidade.

Eu chegava à casa do meu paciente totalmente sem saber como conseguiria reunir a empatia e a atenção necessárias para com ele. Uma vez, estava muito cansado e apático, como me encontro agora; no entanto, quando o paciente começou a falar, ou se queixar, o que eu sentia sumiu e percebi que ali eu tinha uma tarefa e uma importância. Aquele que possui olhos para ver e ouvidos para escutar, constata que os mortais não podem esconder nenhum segredo. Aqueles cujos lábios calam, falam com as pontas dos dedos; eles se traem através de todos os poros.

Eu nunca tive atração pela mitologia cerebral, nem pelas psicoses. Gostava das histéricas e de levar em conta a relação terapêutica. Quando jovem, confessei ao meu amigo Silberstein que se me perguntassem qual era o meu maior desejo eu teria respondido: um laboratório e tempo livre ou um navio no oceano com todos os instrumentos de que precisa o pesquisador. Depois, um grande hospital e muito dinheiro para diminuir alguns males que acometem os nossos corpos, ou para remover esses males do mundo. E, hoje, o que eu responderia para o meu amigo? Talvez que eu volte, em Londres, a ter tempo e disposição para escrever. Ver Anna desenvolver seu trabalho com Dorothy e apresentar seus artigos nos Congressos.

Quando fiz oitenta anos, quase duzentos escritores e outros artistas assinaram um discurso de congratulações escrito por Stefan Zweig e Thomas Mann. Bom, finalmente recebi as congratulações. Oitenta anos, bodas de ouro, trinta operações. Eu desejo morar na Inglaterra e viajar para Roma...

Quando completei cinquenta anos, meu pequeno grupo de seguidores deu-me de presente um medalhão desenhado por um conhecido escultor, Karl Maria Schwerdtner, tendo no anverso o meu perfil em baixo-relevo e no verso, um desenho grego que representa Édipo no momento em que responde à Esfinge. Circundava-o uma frase de *Édipo Rei*, de Sófocles, em grego. Quando li a inscrição, fiquei pálido e agitado. Com a voz estrangulada de emoção, perguntei:

– Quem teve tal ideia?

Quando me recompus, revelei aos meus amigos que, ainda jovem estudante, costumava andar ao redor da grande arcada do pátio da Universidade, dando uma vista de olhos nos bustos dos antigos professores famosos da instituição. Ocorreu-me a fantasia de que, não somente veria meu busto ali, no futuro, mas que se achavam registradas as mesmas palavras que agora vejo reproduzidas neste medalhão:

Aquele que decifrou os enigmas famosos e que foi varão poderosíssimo.

Em 1921, a Universidade de Viena mandou colocar no pátio o meu busto esculpido pelo artista Königsberger, e a frase de Sófocles o acompanhou. Inauguraram um tempo depois. Sempre gostei dos conquistadores, contudo tenho horror aos ditadores. Sobrepujei Aníbal ao vislumbrar as águas do Tibre.

Tive uma série de sonhos cuja base era o vivo desejo de fazer uma viagem a Roma. Uma noite sonhei que vi, através da janela do trem, o Tibre e a ponte de Sant'Angelo. Depois o trem começou a andar em direção contrária e pensei que não seria desta vez que eu iria realizar meu sonho. Na minha viagem seguira as pegadas de Aníbal, a ele fora impossível chegar a Roma e tivera que retroceder. Pois nesta viagem tenho uma sensação parecida. A fascinação por Roma nunca empalidecerá. Mas meu sonho agora é chegar, dentro de algumas horas, a Paris. A cidade luz sempre foi objeto de meus desejos, e a felicidade que me possuiu quando pisei pela primeira vez o seu solo, interpretei-a como garantia de que outros desejos meus seriam satisfeitos. Napoleão coincide com Aníbal, ele tem esse ideal guerreiro. Quando estudei as guerras púnicas, todas as minhas simpatias foram para os cartagineses e não para os romanos. Aníbal simbolizava a tenacidade do povo judeu.

O simbolismo não é propriedade dos sonhos, ele está nos mitos, nas fábulas, nas lendas, no folclore e fornece material para a condensação e deslocamento. Porém nem todo o conteúdo do sonho se deve interpretar de modo metafórico. Ele não torna supérfluo o emprego de todas as outras regras da interpretação. Ele é um valioso recurso precisamente quando as lembranças falham ou se tornam insuficientes, ou nos sonhos de repetição ou típicos. Apesar de o estudo dos símbolos ainda se achar distante do final.

A linguagem do sonho é apresentada simbolicamente por meio de parábolas e metáforas, tal qual na linguagem poética. Essa atividade copia os objetos, porém somente o seu contorno e com maior liberdade. Suas criações plásticas mostram algo de inspiração genial. A relação entre nossos sonhos típicos com as fábulas e outros temas de criação literária, sem dúvidas, não são poucas nem casuais.

Meu amigo Silberstein: é necessário trabalhar, seja qual for o estado de saúde no qual nos encontramos. Morrerei lutando como o Rei Macbeth.

E tem mais! Mudei de ideia e vou preservar no meu exílio a beleza da língua alemã, que Hitler não poderá jamais confiscar.

XXII
SÓ OS VESTÍGIOS FAZEM SONHAR

– Papai?

– Já dormi o bastante? O trem parou em Nancy?

– Sim, estamos em Nancy.

Anna responde sorrindo e se levanta para ajudá-lo a beber um pouco d'água.

– Vejamos... são cinco e meia.

Martha levanta-se também. O marido olha para seu rosto sonolento. Ela arruma o cabelo que se rebelou durante o sono. Pergunta se ele precisa de algo, se está bem. Diz isso fechando a cortina e suavizando a luz. Freud responde baixinho que não se preocupe tanto. Lün-Yu salta da cama para o chão, bruscamente.

– Lembras, Martha, que te escrevi de Nancy por ocasião dos meus estudos com Bernheim?

– Tenho todas as cartas guardadas.

– Ele sugeria que determinados conteúdos narrados por pacientes em hipnose poderiam ser ditos na vigília. A hipnose não deixava de ser uma modalidade de sugestão.

– O que eu lembro é que nem todas as pessoas se deixavam hipnotizar.

– Pensei que ias dizer que eu não era um bom hipnotizador.

– Eu fiquei hipnotizada...

Martha é sempre gentil comigo. Naqueles dois sonhos, eu lembrei que poucas vezes lhe ofereci flores, e ela sempre me presenteava com as minhas favoritas. As memórias estão como que vagando nesta viagem noturna. Deixei Paris em fevereiro de 1886. Três anos depois, no verão, fui a Nancy, aperfeiçoar-me, junto a Hippolyte Bernheim e Ambroise Liébeault, na técnica da sugestão hipnótica. Dois meses depois, viajei novamente a Paris para assistir o Primeiro Congresso Internacional de Hipnotismo e assimilar essa terapia que abria caminho para um tratamento pela fala. Foi quando ouvi a cantora Yvette Guilbert, que depois se tornou minha amiga. No entanto a sugestão só funcionava em determinadas circunstâncias. Aos poucos fui percebendo o elemento erótico no tratamento, isto é, a transferência.

Martha termina de arrumar as cobertas, deixando-me confortável. Sinto necessidade de falar e espicho um pouco mais a conversa:

– Durante aqueles meses em que estive em Paris, retornei muitas vezes ao Louvre. E, novamente, em 1889, quando estudei aqui em Nancy.

– Lembro de outro momento quando ficamos hospedados no Hotel do Louvre.

– Sim, minha velha, em todas as ocasiões visitei o Museu do Louvre. Em uma delas com meu amigo Ferenczi, em 1910. Fomos ver Leonardo Da Vinci: *Monalisa*, *A Virgem e o Menino de Sant'Anna*. Foi minha terceira visita a Paris. Estive em Roma, na Grécia e no Egito sem sair do Louvre. Uma multidão de estátuas, lápides, inscrições e ruínas gregas e romanas. Algumas extremamente belas, deuses antigos representando inúmeras épocas; também vi a famosa Vênus de Milo; impressionantes bustos de imperadores romanos, reis assírios, altos como árvores, segurando leões nos braços como se fossem cãezinhos de estimação, animais-homens alados. Inscrições cuneiformes tão nítidas como se estivessem sido feitas ontem; baixos-relevos pintados no Egito em cores vivas, verdadeiros colossos de reis; esfinges autênticas, um mundo como que de sonho.

– Estive no Louvre pela primeira vez por meio das tuas cartas. Quando retornei contigo, tive a sensação viva de já ter estado lá.

– Sempre prestei atenção ao insignificante, detinha o que via, as palavras ouvidas, os gestos furtivos, imagina tratando-se de antiguidades.

– Procura descansar um pouco mais.

Martha é meiga, saudável e ativa. Há três anos completamos bodas de ouro. Eu? Um velho impertinente, belicoso, mas ainda capaz de amar, trabalhar e...

Freud acomoda-se bem nos travesseiros e segue seu encontro com as artes, escritores, tema muito mais aprazível e propício ao sono. Rememora outro fato envolvendo trens.

Numa ocasião fui favorecido por um engano. Perdi um trem direto para a cidade de Hoek van Holland, tive que passar uma noite extra na Holanda, e concretizei o sonho de visitar quadros de Rembrandt e de Rafael. Talvez estes pintores, Tintoretto e Leonardo da Vinci, sejam os meus favoritos.

Li a novela *Gradiva,* de Wilhelm Jensen, anotei tudo com cuidado como se estivesse com outra Dora no divã. O protagonista, Norbert Hanold, encantou-me. Era um escavador do desconhecido, um arqueólogo que valorizava o dom da observação. Descobre em um museu a figura em baixo-relevo que, desde o primeiro instante, exerce nele especial atração. Desejoso de contemplá-la com todo o vagar, tira uma cópia, leva-a para casa, em sua cidade universitária alemã, e a coloca em um lugar predileto no gabinete de estudo. Gesto que repeti mais tarde. A figura é de uma jovem em atitude de andar, a veste suspensa com leveza, deixando ver seus pés descalços; um deles repousa todo no solo, enquanto o outro já se apoia nas pontas dos dedos, estando a planta e o calcanhar quase perpendiculares ao chão. Esse passo, pouco vulgar, cuja especial atração o artista quis fixar em sua obra escultural, é também o que séculos depois o intriga. Hanold reproduz uma realidade viva, este singular movimento com que Gradiva avança. O protagonista quer seguir aquelas pegadas, sonha e surge nele a decisão de ir à Itália. O sonho é uma espécie de substituição daqueles cursos do pensamento cheios de afeto e de sentido. E forma-se a partir das pegadas, dos rastros que chamamos de vestígios do dia. Marcas de algo que sucedeu e que nos afetou mais do que podemos imaginar.

Fiquei tão entusiasmado com a leitura, que redigi um artigo durante as férias de verão e retornei a Roma, onde pude ver, no museu do Vaticano, a inspiração de Jensen e adquiri uma reprodução da Gradiva, que estou levando comigo neste trem para Paris e depois, Londres.

Sempre admirei os grandes escritores. Com sutileza, eles não deixam que seu herói expresse, em alta voz e sem resíduos, os motivos secretos que o movem, obrigam-nos assim a completá-los. Ocupam nossa atividade mental e mantemos nossa identificação com o protagonista. O narrador medíocre daria expressão consciente a tudo o que desejasse comunicar-nos e ficaria então a enfrentar nossa inteligência livremente móvel e fria, o que tornaria impossível a ilusão.

Thomas Mann e eu somos aficionados por egiptologia. Ele escreveu um imenso romance bíblico dedicado a José. Eu sou um dos seus mais velhos leitores e admiradores. Por ocasião do seu sexagésimo aniversário, ao invés de desejar-lhe uma vida muito longa e feliz, expressei por escrito a confiança de que ele jamais fará ou dirá algo covarde ou indigna, pois as palavras dos escritores são ações.

Os escritores são valiosos aliados, cujo testemunho deve estimar-se, visto que sabem conhecer muito mais do que existente entre o céu e a terra que nossa filosofia nem sequer presume... Na psicologia, sobretudo, acham-se muito acima das pessoas comuns, porque bebem em fontes que não logramos tornar acessíveis à ciência.

Shakespeare conhecia os atos falhos, entendia de sonhos. Sozinhos, os livros consagrados a ele ocupariam vasta biblioteca. Sempre tive uma relação íntima com os livros. Fiz mais do que ler Shakespeare, mais do que citá-lo ao longo de minha obra, eu me alimentei dele. É o maior escritor de todos os tempos. Encontrei-o ainda adolescente e sei de cor cenas de *Hamlet, Sonhos de uma noite de verão, O mercador de Veneza, Ricardo III, Noite de Reis*. Em *Macbeth* aparece um aspecto da técnica do mestre, ele costuma dividir um caráter entre dois personagens, cada um dos quais nos parece imperfeitamente compreensível enquanto não o reunimos com o outro. Tal poderia ser o caso de Macbeth e sua mulher, e isso nos conduzia, de maneira natural, a não tentar interpretar a figura desta última personagem de forma independente, nem investigar os motivos de sua transformação sem atender a figura de Macbeth, seu complemento.

Nas cartas e nos artigos que escrevi, sempre deixei claro minhas leituras e interesses. Em uma correspondência com Romain Rolland, analisei meu distúrbio de memória na Acrópole.

Também aprecio Cervantes, que foi um dos meus autores prediletos na adolescência. Estudei a filosofia de Brentano na Universidade e Ludwig Feuerbach, que recomendava o exame dos sonhos. Ele dizia que uma das prerrogativas do homem era sonhar e saber que sonha, mas que ainda não havíamos aproveitado tudo o que o sonho poderia nos revelar. Mergulhei em Lessing, Rabelais, Schiller, Hoffmann, Dostoiévski, Émile Zola, que publicou *J'accuse* para defender Dreyfus e foi obrigado a sair da França. Ele me deixou completamente sem respiração. Um sujeito honrado com quem poderia muito bem me entender. Quando me pediram para escolher dez bons livros, citei *Fecundidade,* a função da mulher no modelo da terra, a Mãe-Terra. E alcançou notoriedade com *Germinal.*

Ao redigir meus trabalhos psicanalíticos, encontrei um *Dichter* e o assumi a serviço da minha investigação. Pois só um poeta é capaz de descrever os processos psíquicos de uma forma clara, sensível e não enfadonha. Escrevi com a preocupação de divulgar a psicanálise, e, para tanto, precisava transmitir de forma acessível e agradável. A inspiração vinha da literatura. Procurei descrever como um romancista, buscando alcançar o íntimo, as significações mais profundas, atentando para os detalhes, para o que parece supérfluo, sem importância ou passageiro. Por isso, alguns casos clínicos meus podem ser lidos como romances.

Stefan Zweig, admirador de Rilke, teve sucesso com um livro de poemas, *A corda de prata*. Logo obteve a consagração e viajou o mundo. Residia em Salzburg, onde recebeu muitos intelectuais europeus. Escreveu ensaios sobre Dickens, Dostoiévski, Balzac. Trabalhou para que eu recebesse o Prêmio Nobel.

Freud cochilou alguns instantes, sentindo em seu enlevo o ímpeto do trem.

Uma vez tive um diálogo comovente com Rainer Maria Rilke. Ele se queixava de que tudo de belo que encontrava na natureza um dia desapareceria e, assim, só conseguia ver o mundo de forma pessimista. Apesar de admirar a paisagem, o jovem poeta não conseguia desfrutá-la. Um pensamento o perseguia. Toda a beleza um dia irá desaparecer. Não apenas da natureza, mas das obras e valores humanos. E isso o perturbava. O destino efêmero levava a uma desvalorização do que ele amava. Então eu tive que me opor e expor minha tese. Muito pelo contrário, a raridade aumenta a satisfação que as coisas perecíveis nos proporcionam. Uma flor não nos parece menos esplêndida se suas pétalas só estiverem viçosas durante uma noite. A efemeridade da beleza não perturba o gozo que ela proporciona.

Suponho que chegue um tempo em que os quadros e as estátuas que hoje estimamos se desagreguem ou que, depois de nós, surja uma espécie humana que não compreenda mais as obras de nossos poetas e pensadores, ou mesmo uma época geológica na qual tudo que se vive na terra emudeça. O valor de todas elas é determinado por sua significação para nossa vida sensível. O caráter de transitoriedade do belo não implica em sua desvalorização, encontramos aí um incremento pela raridade no tempo.

Reconstruiremos tudo o que a guerra destruiu, talvez sobre uma base mais sólida e duradoura do que antes.

XXIII
O BARBEIRO E O MONSTRO

Acordo algum tempo depois, e a cabine está vazia. As árvores próximas são de um tipo elegante: pinheiros e ciprestes. A floresta à esquerda se estende até que uma montanha de muito respeito a interrompa. Estou sozinho no meu compartimento no vagão-leito. O dia está amanhecendo e o saúdo após a noite difícil.

Um solavanco do trem, mais violento do que o habitual, faz girar a porta da toalete anexa e um senhor de idade, roupão e boné de viagem, entra. Presumo que, ao deixar a toalete, que fica entre os dois compartimentos, esse homem tomou a direção errada. Levanto-me com a intenção de fazer-lhe ver o equívoco. E compreendo, imediatamente, para espanto meu, que o intruso sou eu mesmo refletido no espelho da porta aberta.

Isto, de fato, aconteceu. Só que em outra viagem. Posso viver esta experiência como se estivesse acontecendo agora? Recordo-me ainda que antipatizei totalmente com a aparência do intruso que era eu. Mas por que vivi esta lembrança como realidade? Será devido ao excesso de medicação e ao cansaço? Ou cochilei por segundos e sonhei? No entanto não lembro como se fosse um sonho, embora o sonho seja em tempo real. A visão não é feita da duplicação de imagens?

Sinto uma dolorosa falta do barbeiro, pois não consigo me pentear. Meu estômago e intestino parecem querer se comportar de forma educada. Quem é esse no espelho? Olho, olho de novo bem devagar, como se quisesse recuperar minha imagem. Lembro-me quando notei os primeiros fios marrons na minha barba. Era uma tonalidade estranha antes de atingirem o branco.

Quem sou eu? Um homem aferrado às tradições greco-romanas e, sobretudo, à literatura, ao teatro shakespeariano. Um liberal à moda antiga. Um judeu vienense. Sou um velho. Não me reconheço. Ontem o espelho estava diferente, mais liso, gélido. Havia outro dentro da imagem. E o que vejo hoje é real? Como a imagem de ontem vai sobrepor-se à de hoje? Sou um espelho móvel? O rosto que se reflete está depauperado, retalhado por cirurgias. Este é um espelho deformante como os que encontrei nos circos quando criança. Só pode ser. São duas faces de mim mesmo? Certa vez escrevi a Arthur Schnitzler para confessar-lhe que o evitei temendo encontrar com o meu duplo.

Este mal-estar é o mesmo que senti no dia em que escrevi o obituário de Ferenczi. Naquele momento, eu evoquei nossas divergências, embora lhe tivesse dado o devido lugar de destaque na história da psicanálise. No entanto aquela sensação de vazio e profundo mal-estar continua comigo. Tento esconder minha tristeza, mas este duplo que me encara, acusa-me. Rejeitei algumas de suas teorias; ele criticava minha hostilidade com alguns pacientes ou a minha falta de empatia pelos americanos. Queria que eu aceitasse ter conduzido mal sua análise. Porém eram regressões aos complexos da infância. Aceitei a tese de que Ferenczi estava paranoide e colaborei para o nosso afastamento. Era meu companheiro de todas as horas. Realizamos uma análise-mútua, como costumava dizer. Nas viagens era muito jovial, amável e sabia desfrutar o momento. Costumava me dar carta branca para comprar as passagens e determinar a rota de viagem. Criou a Sociedade Psicanalítica de Budapeste em 1913. Mesmo ano em que Ernest Jones fundou a *London Psychoanalytical Society*. Permaneceu fiel e, nas últimas cartas, deu mostra de grande lucidez a respeito de si mesmo e da derrocada europeia. Vivia uma atmosfera de despedida. E eu não estava ao seu lado. Ao olhar-me no espelho, o que sinto? A que tudo isso me leva? Por estar neste trem, recordo a sua carta:

Caro professor, eu me sinto como esses velhos engenheiros ferroviários que ficam parados diante de uma locomotiva e exclamam com uma admiração ingênua: é uma bela invenção! Há anos, da manhã à noite, vivo de psicanálise, sou um empreiteiro desse método. É a minha profissão, o meu ganha-pão. Mas não se passa um dia sequer em que eu deva parar em pleno trabalho para admirar ou inscrever progressos sobre o conhecimento da humanidade. É uma bela invenção!

Esse olhar que vejo dentro do espelho é o de Moisés com as tábuas da lei. A expressão é a que Thode descreveu: *Uma mistura de cólera, dor e desprezo; cólera no sobrecenho contraído, dor no olhar, e desprezo na proeminência do lábio inferior e nas comissuras da boca, viradas para baixo.*

Todas as vezes que subi a escadaria da igreja *San Pietro in Vincoli*, tentei sustentar o olhar colérico do herói bíblico. Em algumas ocasiões, esgueirei-me temeroso fora da penumbra do interior, como se eu mesmo pertencesse ao grupo daqueles aos quais fulminam seus olhos; àquela chusma incapaz de se manter fiel à convicção alguma, que não queria esperar nem confiar...

Desconheço esse que é o meu íntimo. Sinto certa aflição. Encarar o espelho é uma experiência desconcertante.

Esta viagem por si só não tem sentido nenhum. O Expresso do Oriente vai de estação em estação, mas em mim seu destino se desloca: Roma, Freiberg, Paris... Percorro um caminho e outro se superpõe. Minha viagem está sendo preenchida por recordações e pensamentos novos. Sei que meu fim está próximo, quero me manter lúcido, elegante, barbeado, continuar escrevendo e, se possível, me modificando...

Se vuol ballare signor contino, se vuol baillare, signor contino, il chitarrino le suonerò... Se você quiser dançar, senhor...

O vapor quente amacia a pele e a barba. Com a tesoura, aparo alguns fios. Coloco a espuma no pote e mexo bem com o pincel. Espalho o creme em movimentos circulares. Preparo a navalha. Passo-a com suavidade na face, de cima para baixo. Sou muito exigente com o contorno do pescoço. Um pouco mais de creme de barbear e passo a lâmina de baixo para cima, com todo o cuidado, bem devagar. Finalizo com uma toalha gelada. Agora, sim, estou digno da Princesa e de Paris.

O interior do vagão é forrado por luxuosos papéis de parede. Tudo é de extrema qualidade: lençóis de seda, roupões com o selo da empresa, observa Martha, ajudando--o a vestir-se. Está cansado, ainda não decidiu se prefere tomar o café da manhã na cabine ou na *Voiture-Restaurant*. Tem vontade de caminhar um pouco pelo trem, já que não sente nenhuma dor.

Será que temos algum jornal? Podem ter recebido alguma edição noturna. Maldita prótese, *monstro* horrível, espécie de dentadura aumentada que faz de mim seu instrumento de tortura, por que insistes em maltratar este corpo doente? Não existe nada mais irritante do que um substituto corporal amotinado. *Pequenos ajustes*, é o que eles dizem, contudo não diminuem os momentos terríveis para comer e daqui para frente, falar. Evidente, foi feito pelo protético que salvava bocas arrebentadas pela Grande Guerra. É um martírio para mim, esfola, irrita. Como conversar sem pensar na boca? Já perdi parte da audição, fui obrigado a deslocar o divã para ouvir meus pacientes, e agora este problema de dicção. Não consigo instalá-la de forma correta.

– *Nein! Nein! Nein*!

– Algum problema com o *monstro*, papai?

– Lembras das pinturas de Tintoretto, entre elas, *A fuga do Egito?*

– Veneza.

– Admita que não sou capaz de cantar.

– Teus netos adoram tuas cantorias.

– *Que bela vita!* Sou um barbeiro *de qualitá, de qualitá. Afortunadíssimo... lá, lá, lá, lá, lá, lá....*

XXIV
O CAFÉ E O MENINO

O olfato anuncia que os ovos moles com presunto e molho tártaro estão chegando. Bule de prata e *petit déjeuner* na cabine. Estamos muito próximos da estação de Châlons-sur-Marne. Depois, Paris.

– Sig, posso saber o motivo do riso?

– Sim, minha querida, é que me lembrei de uma piada judaica: numa estação ferroviária da Galícia, dois judeus se encontram num trem. Aonde vai? Pergunta um. À Cracóvia, responde o outro. Olhem que mentiroso! Exclama o primeiro, furioso. Se você diz que vai à Cracóvia, é porque quer que eu acredite que vai a Lemberg. Só que eu sei que você vai mesmo para a Cracóvia. Então, por que mente?

Quando estou na berlinda, gosto de usar o humor. No momento apenas cansado e ansioso. Quando conseguia, mergulhava num sono tenso. No chiste a verdade vem pelo viés da mentira. Dizemos, como que brincando, verdades pelo avesso. Quando pequenos, éramos incapazes de fazer chistes e nos sentíamos felizes. Adoro as crianças e a alegria natural delas. Mais uma vez, a felicidade infinita de arrancar as folhas coloridas do livro da viagem à Pérsia. Minha lembrança infantil mais remota de amor pelos livros. A felicidade só existe como concretização de um desejo de criança.

São sete horas da manhã. Freud sai da cabine. Num gesto de avançar a cabeça e num caminhar que a idade começa a dificultar, segue pelo corredor do vagão, acompanhado de sua bengala. Há uma lâmpada na parede de madeira, ainda acesa. As janelas são enormes, doze em cada vagão. Estendem-se pradarias limitadas pela linha negra do bosque e cortadas pelo caminho dos trilhos. Pastam alguns rebanhos de bois e carneiros.

– *Bonjour, monsieur*. Cumprimenta o camareiro, levantando-se do seu banquinho no corredor.

– *Bonjour, mon ami,* respondo eu, gostando de falar em francês.

Sigo olhando pelas vidraças. Vontade de sentar-me à entrada do bosque, sob os arbustos com suas flores em cachos amarelos, respirar com o sol a esperança e deixar o tempo fazer o seu papel.

Surge um menino de calças curtas no corredor estreito. A mãe o segura pela mão. Ele carrega na outra mão, firme entre os dedos, um brinquedo. O sorriso rasga as bochechas rosadas. Chamo-o, não me ouve. Aproximo-me, e, então, me vendo, estica a mãozinha mostrando-me o brinquedo, ou será me oferecendo? Pego, olho. Ele me dá uma olhadela cheia de ansiedade.

– É o filhinho do trem grande?

– A máquina é preta. Como o trem corre, vovô?

– Esta locomotiva tem propulsão por água fervendo, como uma chaleira. A água forma o vapor que sai da caldeira e empurra o trem. No vagão-reboque fica o carvão para fazer o fogo.

O menino fica pensativo um instante. Depois, na ponta dos pés, segreda algo à mãe, vira-se para mim e repete o gesto. Devolvo o pequeno trem. Tiro do bolso uma moeda e lhe dou. O rosto se ilumina. Pisca o olho para mim e sai correndo pelo corredor. Sem dúvida, a única perfeição é a alegria.

De súbito, ouvi atrás de mim uma voz:

– *O-o-o-o...*

Girei o corpo, num ritmo lento, prudente e silencioso.

Era Ernst, meu neto de dezoito meses, o filho mais velho de Sophie. Quando pequeno, nunca chorava quando a mãe o deixava por pouco tempo. Ele se divertia lançando objetos para longe do berço, acompanhando esse gesto com uma expressão de contentamento que tomava a forma de um *O-o-o-o...* prolongado, no qual era possível reconhecer a palavra alemã *fort*, isto é, partiu. Um dia entregou-se a uma brincadeira com ajuda de um carretel. Ele fazia um jogo misterioso consigo mesmo. Pegava um cilindro de madeira com um pedaço de barbante amarrado em volta, atirava-o pela borda do seu berço e gritava *O-o-o-o...* que, segundo Sophie e este avô, significava *foooi embora*. A seguir, puxava o cilindro de volta e saudava seu aparecimento com um alegre *da,* alí! (viva!). Deste modo aceitava a ausência da mãe, reproduzindo seu desaparecimento e retorno. Nisso se resumia a brincadeira. Assim, Ernst transformava um estado de passividade, ou desprazer ligado à partida da mãe, numa situação controlada. Ou talvez estivesse se vingando, jogando-a fora.

Toda a criança ao brincar comporta-se como um *escritor*, na medida em que cria um mundo próprio, para si mesma, e o transpõe para uma nova ordem que lhe agrada. É o que faço em sonhos e fantasias. Como uma criança, levo tudo muito a sério. Sempre penso: Onde termina o autêntico e começa o que fora reconstituído?

Na minha lembrança, um menino viu o esvaziamento da caldeira e exclamou.

– Olha, a locomotiva está fazendo pipi!

– Hans? Meu pequeno Hans?

Naquela tarde de 1908, pai e filho foram ao meu consultório. O que mais o desagradava nos cavalos era a proteção lateral dos olhos e a tira preta em torno da boca. Vendo-os diante de mim, enquanto eu escutava a descrição dos cavalos que atemorizavam Hans, revelou-se novo fragmento de interpretação que compreendi tivesse escapado ao pai. Gracejando, perguntei ao menino se os seus cavalos usavam óculos, ao que respondeu que não; se o pai os usava, ao que também respondeu que não, contra toda evidência, e se aquele preto que os cavalos tinham em torno da boca lhe lembrava um bigode.

Depois expliquei que ele tinha muito medo do papai porque gostava muito da mamãe. Disse-lhe que ele pensava, sem dúvida, que o papai julgava mal esta afeição, e isso não era verdade. Que o papai gostava muito dele e que ele podia confessar-lhe sem temor o que desejasse. Disse-lhe que, muito antes dele vir ao mundo, eu já sabia que nasceria um Hans que gostaria muito da mamãe e, por isso mesmo, teria medo do papai.

– O professor fala com Deus, papai?

Um tempo depois, ele disse, e seu pai anotou:

– Se eu escrever ao professor, minha bobagem vai acabar logo, não vai?

Freud encontrou, de forma viva, seu neto Ernst e o conflito da separação com a mãe. Em seguida, recordou a primeira análise de uma criança, o pequeno Hans, a descoberta da sexualidade infantil, o complexo de Édipo, o brincar e a compreensão. Foram cinquenta e dois anos de consultório.

Desde que superamos o erro de acreditar que o esquecimento com que nos achamos familiarizados significa a destruição dos resíduos mnêmicos, isto é, sua aniquilação, ficamos inclinados a assumir o ponto de vista oposto. Ou seja, que, na vida mental, nada do que uma vez se formou pode desaparecer. Que tudo fica preservado, de alguma maneira, e pode ser trazido de novo à luz em circunstâncias apropriadas.

Olha novamente pela janela sentindo saudade da filha e do neto que perdeu. Aperta com vigor o cabo de madrepérola da bengala, necessitando seu apoio, e decide retornar para a cabine. As distrações da viagem começam a esgotar-se.

XXV
A VIDA SE FAZ EM PEQUENOS DETALHES

Anna e Josephine estão no vagão-restaurante. O *garçon* coloca sobre a mesa pão, manteiga, *confiture*, café, leite, mel. As flores foram substituídas por outras frescas e multicoloridas.

– Não posso deixar de lamentar papai não ter conseguido desfrutar dessas delícias da vida. Não imaginas sua rotina quando ainda estava em plena forma. Sempre leu muitos livros simultaneamente. Os romances, por puro prazer. Mamãe e Minna são duas fervorosas leitoras de Thomas Mann. Mas o engraçado é que, em sua primeira visita a nossa casa, ele e papai só falaram de charutos e cachorros.

Josephine acha graça. Gosta de ouvir essas histórias, enquanto degusta a *macedoine de fruits de la saison.*

– Por muitos anos, a agenda de papai foi intensa. Aulas na Universidade de Viena, escrevendo artigos, traduzindo, editando. Ele mantém um diálogo com a sociologia, a filosofia, a antropologia. A política internacional o ocupava muito. Chegava a trabalhar dezoito horas por dia. E tinham as viagens: Itália, Grécia, até o Egito. Contudo, nas férias, ele se permitia estar conosco, desde as primeiras horas da manhã até o momento de nos colocar na cama.

– Estou escutando, diz Josephine ocupada com uma *omelette aux fines herbes*, e já de olho nos pãezinhos com manteiga e *confiture* de framboesa. Nem sei por onde começar os doces...

Por alguns segundos, Anna torna a perguntar-se o que tantas vezes a assombrou antes da viagem: o que faremos se a saúde dele não aguentar? Em seguida pensa que é melhor esquecer isso. E dizem que sou inabalável, otimista... Olha para a paisagem, tentando afastar os pensamentos. Não vê mais os vinhedos alsacianos e, sim, os trigais. Sabe que o Dr. Schur, chegando a Londres, deverá pedir novos exames. Iremos reviver a mesma apreensão.

– Papai cochilava no divã do escritório e, às três e meia da tarde, iniciava as consultas que iam até o entardecer. Às oito da noite, o jantar; mamãe valoriza a pontualidade. Ela vem de família de judeus intelectuais ortodoxos, só que não se interessou pela psicanálise. É calma, e papai mais impulsivo.

Nesse ínterim, um casal com duas crianças retira-se do restaurante. Anna procura coordenar seus pensamentos, mas há um ponto em que hesita. Como o fato de ele não ter permitido que sua mãe cultivasse as tradições religiosas. Também quando foi cortejada por Ernest Jones, em Londres, no ano de 1913, período em que ele tinha sua amante sendo analisada por seu pai. Outros pretendentes vieram, mas Freud foi incapaz de renunciar o seu amor pela filha mais moça. Aonde esses pensamentos vão levá-la?

– Na Berggasse, onde vivemos desde 1892, eu tinha minha própria clínica para o tratamento de crianças. Na Inglaterra, quero apenas dedicar-me ao papai e pesquisar.

– És uma ótima enfermeira.

– Que linda esta pequena aldeia com teto de ardósia e o trigo em volta. Os grãos atingirão sua maturação no final de julho...

– ...

– Josephine, acreditas que quase todo o dinheiro que papai ganhou com o Prêmio Goethe de Literatura ele gastou com antiguidades?

– E no que tu gastarias, Anna?

– Fundamos, no ano passado, o pensionato para crianças pobres no qual trabalhavas conosco e que foi interrompido pelo nazismo. Dorothy e eu estamos desenvolvendo um projeto para uma creche, um berçário. Estou pesquisando. É uma forma de agradecer a recepção no exílio. E possuo minhas obrigações de sobrevivente. Temos que conseguir os recursos necessários com o governo britânico. Evidentemente, pensamos em contar contigo.

– Esse convite é um alívio. Tenho que me sustentar e ainda não domino o idioma. Poderia falar-me um pouco mais?

Agora é Anna que ri com vontade. Toma mais um gole de café e observa uma propriedade rural, com a chaminé fumegando. A planície coberta de amarelo ouro daria um quadro impressionista. Ela tem outro desejo oculto, publicar as obras completas de Freud em Londres. Sente-se afortunada, cede momentaneamente ao prazer e segue conversando com a amiga.

– Há algo que vais gostar muito. Papai foi diretor de um consultório público para crianças; trabalhava com dois médicos que se tornaram grandes amigos. Em 1918, no Congresso de Budapeste, ele estava preocupado com a saúde pública e clínicas para atendimento dos neuróticos de guerra. Dois anos depois, entregou às autoridades vienenses o resultado de sua investigação sobre o tratamento elétrico das neuroses de guerra, que condenava por reconhecer a causa psíquica dessas doenças.

– Até hoje continuam com esses absurdos tratamentos de eletrochoque. Vamos falar de outro assunto...

– Sim, não quero deixar de te contar que ele dava generosas mesadas para os netos e ajudou muitos amigos. Lou Andrea-Salomé, empobrecida pela inflação, era obrigada a manter os familiares arruinados. Ela não pedia nada, mas meu pai lhe enviava somas consideráveis. Também foi ajudado em muitos momentos, teve um amigo, Anton, que dedicou parte da sua fortuna à nossa editora, em 1920.

– Sabes como eu o vejo, Anna? Um senhor interessante, bem-humorado, já meio encurvado, de barba branca, com olhos amistosos por trás dos óculos redondos de chifre negro; também crítico, um homem muito corajoso e culto.

– Ele é generoso. Tem uma memória inigualável. Cita poetas e romancistas nas conversas e nos textos. E, aos sábados, costumava falar na Universidade e sem anotações por quase duas horas. Seus ouvintes ficavam fascinados. Além do alemão, papai lê e fala muito bem inglês, francês, italiano e espanhol. Escreve em caracteres góticos, conhece grego, latim, hebraico e iídiche. Tem facilidade para os idiomas. Ele manteve correspondência e contato pessoal com seus mestres, escritores e outros artistas. Com certeza muitas serão suprimidas pelos nazistas.

– Esta geleia está maravilhosa. E não conheço uma filha mais apaixonada pelo pai.

Anna concorda; sua paixão por Freud é um caso difícil de se resolver. A seguir, Josephine pergunta:

– Me fala de Dorothy Tiffany Burlingham, como se conheceram?

– Papai me apresentou Dorothy como mais uma paciente americana. Ela teve um casamento fracassado e resolveu se estabelecer em Viena. É filha de um importante comerciante de joias de Nova York. Teve quatro filhos que foram tratados por mim. Foi Dorothy quem deu a cachorrinha Jofie para o meu pai. Ele costumava dizer que se Jofie não gostasse de alguém é porque esta pessoa tinha algo errado. Dorothy morava no apartamento acima do nosso. Eu desenvolvi amizade por ela, que encontrou total aceitação de papai. Há muitos anos, percebendo que tínhamos dificuldades em encontrar uma nova empregada, Dorothy nos propôs Paula.

– Convidei Paula para vir tomar café conosco. Porém ela preferiu descansar um pouco mais. Acordou durante toda a noite com minha movimentação. Não está acostumada com os plantões médicos, diz, sorrindo com os olhos.

– Uma vez ela deixou escorregar das mãos um anjo de porcelana enquanto tirava o pó de uma das prateleiras envidraçadas. Papai não mostrou raiva, mas Paula ficou desesperada e queria pagar do seu próprio bolso o conserto num antiquário. Papai mandou arrumar o anjo quebrado e, quando ele retornou perfeito, comentou: Até que nosso anjo caído ficou realmente bem limpo.

– Eu não disse que ele é bem-humorado? Este café está saboroso. Não sei como conseguem pãezinhos tão macios e cheirosos. Olha só quem está chegando, diz baixinho à Anna.

O homem da Embaixada dos Estados Unidos cumprimenta as senhoritas e senta-se em uma mesa mais para o fundo do vagão-restaurante.

– E Marie Bonaparte, Anna?

– Bom, ela é bisneta de Lucien, irmão de Napoleão. Casou-se com o príncipe George, irmão do rei da Grécia, um casamento arranjado. Tinha um sonho, tornar-se médica, do qual abdicou para se casar. Chegou a trabalhar como enfermeira num navio-hospital durante a Guerra dos Balcãs. Analisou-se com papai. Sempre se comportou como uma princesa verdadeira; usa vestidos de alta costura, casacos de pele, veludos e pérolas, mas é uma pessoa maravilhosa, vais gostar muito dela. Se eu tivesse que escolher uma palavra para defini-la, diria: retidão. Quando a conheci, ela conquistou-me, sempre desejei conhecer uma princesa. Considera-se a última Bonaparte.

– As mulheres de antigamente não podiam exercer profissão e seus casamentos com homens mais velhos as deixavam viúvas muito cedo. Graças a Deus, somos de outra época. E estou entusiasmada com esta possibilidade de trabalho em Londres. Dizem que o tempo lá é muito enevoado. Por sorte acho que teremos hoje um dia lindo de sol.

Foi inevitável Anna pensar que desejava estudar medicina, no entanto fora impedida. Como está sentada muito perto da janela, quase encosta a cabeça na vidraça. Sente o tremor rítmico do trem e certa impaciência. Os pequenos castelos ficaram para trás.

– Sim. Espero que possamos aproveitá-lo um pouco. São muitas horas dentro deste trem. Tenho saudade de dar um passeio de braços dados com papai.

– Quanto tempo mesmo até o embarque para a Inglaterra?

– Ficaremos umas doze horas na casa da Princesa Marie e partiremos depois do jantar.

Anna olha novamente pela janela: o trem aproxima-se de Paris.

XXVI
O ENCONTRO DECISIVO COM CHARCOT

Martha, meu tesouro, conheci Charcot, o Napoleão das histéricas. Ele demoliu os meus conceitos. Por isso destruí tudo o que anotei, preciso repensá-los. Descobri minha verdadeira vocação.

Todos que queriam estudar as doenças nervosas tinham como destino Paris. Freud chegou em outubro de 1885, com vinte e nove anos, para conhecer Jean-Martin Charcot, o maior especialista em histeria do mundo ocidental. Por este motivo empenhou-se em obter uma bolsa de estudos para assistir o seu curso. Neste particular, a escola francesa era mais evoluída do que a austríaca. Charcot afirmava que as histéricas estavam sendo condenadas à morte como feiticeiras. Ele propunha nova concepção da doença.

Charcot foi o diretor do Hospital da Salpêtrière, a partir de 1883. Havia entre cinco mil e oito mil pessoas internadas. Nas suas palavras: *A maioria mulheres pobres esperando a morte, sentadas em bancos, uivando sua fúria ou chorando suas dores nos pátios da insanidade ou na solidão de suas celas...*

Quando ele assumiu o hospital, havia um médico para cada quinhentos pacientes. Era também um asilo para mendigos, deficientes, velhos, mães solteiras, prostitutas e insanas. Uma das suas primeiras iniciativas foi criar um laboratório para pesquisas sobre o sistema nervoso. Passou a tratar mulheres diagnosticadas com histeria. E depois provou que os homens também apresentavam os mesmos sintomas. No seu livro, demonstrou que a histeria não era possessão demoníaca, o que contribuía para tortura e morte de mulheres como se fossem bruxas.

Martha, as aulas de Charcot são para mim tão intensas quanto as impressões de Notre Dame, na Île de la Cité. É um homem alto, com cinquenta e oito anos, olhos escuros e estranhamente gentis (ou melhor, um deles, o outro é inexpressivo, estrábico). Usa cartola e tem longos tufos de cabelo por trás das orelhas; sempre bem escanhoado, seus traços são expressivos, com lábios fartos e protuberantes, e uma voz suave que pode tornar-se solene se assim desejar. Sua eloquência e bom humor me fascinam.

Sigo escrevendo cartas para minha noiva.

Martha, minha princesa, conheci o gabinete de Charcot. A sala e os móveis são pintados de preto. Uma única janela lança luz sobre as paredes decoradas com gravuras de Rafael e Rubens. Apaixonado por fotografia, instalou um estúdio no museu do hospital.

A seguir fui convidado à sua casa, primeiro quando discutimos uma tradução e depois para participar de um sarau. Vesti a melhor roupa, querida. Minha aparência estava imaculada. Gastei o que eu não tinha, mas comprei:

black-tie, camisa nova e luvas brancas. Concluí minha preparação com pequena dose de cocaína. Sua casa é frequentada pela nata da sociedade: políticos, artistas do momento, escritores, colecionadores de arte, duques, imperadores. Vou te descrever em detalhes para que possas entender o quanto me impactou.

É tão grande quanto todo o nosso futuro apartamento, uma sala digna do castelo mágico em que ele mora. A peça é dividida em dois cômodos, dos quais o maior é dedicado à ciência e o outro, ao conforto. Ao entrar vê-se uma janela tripla que dá para o jardim; as vidraças comuns são divididas por tiras de vitrais. Ao longo da sala maior encontra-se sua biblioteca em dois níveis, ambos com escadas. À esquerda da porta, há uma mesa longa coberta com jornais e livros. Do outro lado, sua mesa de trabalho, repleta de manuscritos, também sua poltrona e diversas cadeiras. No outro ambiente, uma lareira e antiguidades indianas e chinesas. As paredes decoradas com *gobelins* e quadros. Resumindo, um museu.

Queira desculpar-me, minha querida, pelas minúcias excessivas que fogem ao sublime e se avizinham do pueril.

Tão logo me instalei, fui explorar a cidade, ruas, *boulevards*, igrejas, teatros, museus, jardins públicos. Agora tenho minha própria impressão de Paris e me sinto um poeta ao comparar a cidade a uma enorme esfinge prestes a devorar os estrangeiros.

Ao visitar a Catedral de Notre Dame, iniciada em 1163 e concluída dois séculos mais tarde, prometi a mim mesmo reler o romance de Victor Hugo. E subir as torres entre as gárgulas. Embora tudo no livro *Le Bossu de Notre Dame* seja ficção, sou convencido de sua veracidade. A igreja é a expressão do gótico francês, *uma vasta sinfonia de pedras*, como expressou o romancista. É para onde gosto de escapar, como a floresta em Freiberg. Notre Dame me transmite o senso do sagrado, da reverência, da veneração, da harmonia e do equilíbrio. Nunca em minha vida vi algo tão comovente, sério e sombrio. Tive a sensação de me encontrar pela primeira vez numa igreja. Muito diferente das que eu visitara na infância com minha babá Nannie.

Quando fui à Catedral, lembrei muito de Goethe e do seu artigo sobre a arquitetura alemã, do impacto revelador ao contemplar a Catedral de Strasbourg, que o levou a compreender que *a arte antes de ser bela é formadora*. Fui também surpreendido por este sentimento quando cheguei diante de Notre Dame. Uma impressão total e grandiosa preencheu minha alma, impressão que eu decerto pude saborear e desfrutar, mas não conhecer e esclarecer...

Todas as tardes eu costumo escalar, de maneira aleatória, as torres da igreja entre monstros e demônios. Seu terraço é meu refúgio predileto em Paris. Subo trezentos degraus, é muito escuro, solitário, em cada um te daria um beijo, se estivesses comigo, e chegarias ao alto louca e totalmente sem fôlego. Sou obrigado a atribuir meu vício ao charuto à tua ausência. Fumar é indispensável se não se tem nada para beijar. Viver na cidade de Victor Hugo significa estar distante e, ao mesmo tempo, unido a ti. Martha, minha querida, a separação física provoca o renascimento do amor. É bom que saibas que sou exclusivo quando amo.

Sou obrigado a admitir que as obras de arte são produto de impulsos eróticos não satisfeitos. Obras sublimes absorvem a energia não consumida em prazer físico. Eros está à raiz de qualquer produção.

A Igreja da Madeleine, do século XVIII, com fachada grega e interior romano, nas proximidades da Place de La Concorde, é belíssima. Não podes imaginar a grandiosidade do obelisco egípcio! A elegante Avenida dos Champs-Élysées e o tranquilo Jardim das Tulherias, antessala do Museu do Louvre.

Vagueio por Paris, no deslumbramento de um sonho inextrincável. *Flâner* despreocupado pelas margens do Sena envolve a pessoa inteira, tem o movimento característico do andarilho. Tenho pouco tempo e pouquíssimo dinheiro, mas não deixei de ir ao teatro para ver a maravilhosa Sarah Bernhardt, e algumas comédias de Molière, que achei brilhantes e usei como lições de francês. Em geral, arranjo poltronas baratas ou uma *quatrième loge de côté,* camarote pequeno como se fosse um pombal. Afinal estou vivendo de empréstimos. Porém trabalho furiosamente.

A invasão de Napoleão no Egito em 1798 tornou Paris um ponto de comércio de antiguidades. O Museu de Napoleão foi rebatizado de Louvre. O departamento de antiguidades egípcias, fundado por Jean-François Champollion, conhecido por ter usado a Pedra de Roseta para decifrar os hieróglifos, foi inaugurado em 1822. Depois, Auguste Marette enviou cerca de seis mil objetos para o museu, incluindo o Escriba Sentado, encontrado em Saqqara.

Martha, meu primeiro encontro com as grandes obras de arte do Louvre foi desconcertante. Fiquei impressionado com a quantidade de bustos de imperadores: Séptímio Severo, Constantino, Adriano... Mas a principal descoberta foi a arte egípcia, sobretudo quando cheguei à coleção de baixos-relevos decorados com cores ardentes, e as esfinges de reis que representam proteção terrena e divina.

Em outra carta:

Martha, meu amor, um mês depois daquela visita, fui convidado por Charcot para um jantar em sua casa. Não nos deram muito o que comer, mas cada prato era delicioso e vinha acompanhado de vinhos diferentes. As conversas, os vestidos das damas, o serviço, tudo suntuoso.

Sei que experimento com Charcot e Paris algo precioso; sinto-me mais autoconfiante, mais hábil para tratar com os colegas. Uma nova era está começando, Martha, uma boa era, espero.

Charcot faleceu em 1893 e redigi um necrológio: Não era alguém que especulava, um pensador, mas um homem com dons de artista, um vidente, um visual, como se denominava. Eis como ele mesmo descrevia sua maneira de trabalhar: *Tomava cuidado de sempre considerar sob um ângulo novo as coisas que não conhecia, de aprofundar dia após dia sua intuição, até que, de repente, nascia a compreensão. Então, diante do seu olho interior, ordenava-se o aparente caos.*

Com respeito à terapêutica, não era nada pessimista e nunca se negou a experimentar em sua clínica novos métodos curativos. Como pedagogo era extraordinário; cada conferência constituía uma pequena obra de arte, de tão acabada forma e exposição tão penetrante que era difícil esquecê-la. Mantive em meu consultório, acima do divã, o quadro de sua aula: representa meu encontro definitivo com Charcot.

No ano seguinte à sua morte, tive problemas cardíacos e tentei parar de fumar. Mais tarde, chamei Jean-Martin, prenome de Charcot, meu primeiro filho varão. Mathilde, a mais velha, é um nome em homenagem à mulher de Breuer. Oliver, prenome de Cromwell, grande protetor dos judeus, homem que tem um passado glorioso, cultivou a liberdade individual, resistiu a tentações ditatoriais, e Ernst, de Brücke, meu professor durante seis anos no laboratório. Sophie em homenagem a uma bela sobrinha de um ex-professor de hebraico. Anna é o nome da minha irmã mais velha, que se casou com um irmão da Martha. Imprevisibilidade há, porém não se afasta a ponto de configurar-se mero acaso.

A memória se ativa pela proximidade do fim. Estamos a caminho da última estação. Paris é Afrodite, filha de Zeus, deusa do amor. Inunda de esplendor o céu e a terra. Sua beleza afronta as sombras e as vitaliza.

XXVII
UMA PRINCESA NO DIVÃ

Freud desvia o olhar para a janela. Ao longe brilham as montanhas como uma neblina que se move na luz ardente do sol. Sente-se fatigado, quase não dormiu. Sempre apreciou os rigores das escaladas, como em Tantra, parte dos Cárpatos, e das caminhadas difíceis.

Numa ocasião venci mais de três mil metros em Dachstein, na Áustria. Abraham também era adepto de escaladas. Homem afável, caloroso. Conhecemo-nos dez anos antes do seu falecimento. Sempre gostou de lembrar como nosso encontro modificou sua vida.

Os membros da nossa sociedade eram dotados de uma vitalidade incrível, mas Abraham tinha ainda mais energia. Lutara contra a asma desde a infância. Praticava tênis, natação e, posteriormente, seu esporte predileto, o alpinismo. Era independente e manteve relações amigáveis com Fliess, mesmo depois do nosso rompimento. Eu reconheci que não havia razão para Abraham não o visitar, porém disse:

– Ele poderá querer desviá-lo da psicanálise. Alerto-o, particularmente, contra a mulher dele, tola...

– Eu agradeço o aviso e prometo exercer a prudência necessária.

Depois me contou que em absoluto ele tentou afastá-lo da psicanálise e que não lhe pareceu fascinante. Tive que rir. Eu havia dito que ele encontraria um ser humano fascinante.

Tivemos uma bela amizade e uma longa correspondência. Mais clínico que teórico, escreveu alguns artigos importantes, entre eles um sobre o culto monoteístico, que não posso deixar de referir em *Moisés e o Monoteísmo*. Quero imaginá-lo trabalhando sempre.

Olha mais uma vez para a janela e para o relógio. A paisagem é cheia de curvas e de vontades. As linhas do trem começam a se multiplicar. Vê vagões de carga sendo puxados por uma locomotiva. Sabe que o desembarque está próximo. Isso o faz recordar que uma vez ficou hospedado no Hotel du Brésil, que fica na 10, Rue Le Goff, perto do Jardin du Luxembourg. E como uma ideia leva a outra, Marie e sua filha Eugénie fizeram uma viagem para a Amazônia antes do casamento. Achava que depois seria muito difícil terem a oportunidade de uma viagem longa apenas as duas. Em julho de 1936, explodiu a guerra civil na Espanha e, apesar disso, ocorreu o Congresso Internacional de Marienbad. Marie foi eleita vice-presidente juntamente com Anna, e, no final do congresso, embarcou para a Amazônia.

Eugénie adorou a viagem; saíram dia 7 de agosto e chegaram dia 22 no Brasil, em Belém. Ela me escreveu: *Subimos o Amazonas; palmeiras, grandes insetos, calor mortal. Eugénie adorou os trópicos, os pássaros coloridos, os papagaios e flertou no barco. Sinto a nostalgia do mar, apesar da caça aos jacarés.* Disse-me mais tarde que o Theatro de Manaus poderia estar em qualquer das ruas de Paris. Dia 20 de setembro já estavam em Lisboa e retornaram a Paris. Estou aqui novamente, e pela última vez.

A mulher sobe à categoria de sujeito na Grécia. Marie Bonaparte é a Princesa da Grécia e da Dinamarca, bisneta de Lucien Bonaparte, e esposa do príncipe Georges da Grécia. Seus filhos chamam-se Eugénie e Pierre. Era próxima de Gustave Le Bon. Tornou-se minha paciente em 1925, aos quarenta e três anos, a conselho de René Laforgue. Estava obcecada pela frigidez e tinha ideias de morte.

Fizera uma intervenção cirúrgica (em voga na época) que consistia em aproximar o clitóris da vagina, a fim de transferir o orgasmo clitoriano para a zona vaginal. Ela julgava encontrar a solução de seus problemas em cirurgias. Como poderia culpá-la? Eu mesmo fiz muitas desde o diagnóstico de câncer em junho de 1923. Em outubro do mesmo ano, depois de operado, tive que usar aquela enorme prótese que chamo *o monstro,* um palato artificial. Em 1931, o terceiro procedimento. No ano passado, vivia travando e eu tinha dificuldade de fechar a boca pela articulação defeituosa.

Com o pseudônimo de A. C. Narjani, Marie publicou, um ano antes de iniciar a análise, numa revista médica, um artigo em que afirma que existem dois tipos de frigidez, uma orgânica, devido a um distanciamento entre o clitóris e a vagina, e uma inibição psíquica, que pode ser curada com psicoterapia. A experiência pessoal a levou a admitir que a operação não conduzia sempre ao orgasmo.

Tentou todos os recursos para conseguir chegar ao prazer. Ela queria extirpar a angústia. Neste período Freud assumia alguns casos. Como só podia dispor de poucas horas de trabalho por dia, não queria desperdiçá-las numa análise sem objetivo sério, somente em análise didática ou terapêutica.

Eu a recebi com a condição que falasse em alemão ou inglês, não confiava tanto no meu francês, ficaria muito cansado. Havia perdido a minha filha e neto, e a Princesa Marie, a mãe, quando nasceu. O pai era indiferente e a avó voltada a seus interesses e, como ela própria descrevia, assustadora. A morte de um filho é um dano irreparável para o aparelho psíquico. E a neurose, como também o sonho, nunca diz algo que não tenha fundamento nem sentido.

Iniciou no final de setembro, com sessões diárias. Uma pequena interrupção pelas festas de fim de ano, e no início de janeiro já estava de volta a Viena. Pouco antes do seu retorno, Freud perdeu um dos seus mais fiéis discípulos, Karl Abraham, aos quarenta e oito anos.

Outro ponto em comum é nosso amor aos animais. Sempre acreditei que os cães são capazes de reconhecerem o verdadeiro humor de uma pessoa. Uma vez afirmei que a análise não podia mudar seu caráter, mas, sem dúvida, foi uma das análises mais bem sucedidas que realizei. Nesta época Marie iniciou a tradução de *Uma recordação de infância de Leonardo Da Vinci*. Ela morava na suíte do Hotel Bristol de Viena.

Pensava no seu livro sobre Edgar Allan Poe, que considero sua obra-prima. Um primeiro livro é sempre uma aventura. No entanto a Princesa teve a coragem de terminar o seu e o publicou em 1933, ano em que houve a grande queima dos livros, no dia 11 de maio. Vinte mil livros judeus queimados.

A música preenchia suas noites. Vai a concertos, toca piano. Ela é capaz de um trabalho elevado. Dotada de inteligência penetrante, estranha a inibições burguesas e com espírito próprio. É um demônio de energia. Depois transformou-se numa grande amiga e psicanalista. Tradutora incansável da minha obra. Organiza a psicanálise na França e, para isso, emprega recursos próprios. Ela buscava uma causa nobre e a encontrou.

Escuto-a falar no seu peculiar entusiasmo, concordando com Mallarmé sobre os ensaios literários de Poe: *Foge dos estereótipos inspiradores do romantismo, seu pensamento artístico é quase uma autolibertação.* Olha o que ele diz, Freud: *A poesia é criação rítmica da beleza.*

Sempre tive muita preocupação com os artigos científicos, para que não tomassem um caminho moroso. Quando eu escrevia frases intrincadas do meu escrito dos sonhos, elas ofendiam meus ideais e eu pensava: Há escondido, em algum canto dentro de mim, certo senso da forma, uma forma de considerar a beleza uma espécie de perfeição. Sem dúvida, ao escrever somos tomados pela alegria de inventar.

Como sou agradecido por tudo que a Princesa fez por nós... A taxa de saída era vinte por cento sobre o valor dos bens dos emigrantes, um verdadeiro roubo. Os nazistas *prestavam seus favores* por dinheiro. Ela adiantou quatro mil oitocentos e vinte e quatro dólares (que irei devolver) e ficou conosco até 10 de abril, ajudando em tudo que podia, depois retornou em 4 de maio para os últimos preparativos. Sempre preocupada com minha idade e condições de saúde.

Colocou-nos neste trem e ajudou a providenciar a nova moradia no Reino Unido. Fará tudo que estiver ao seu alcance para trazer minhas velhas irmãs para a França. Disse, logo que nos conhecemos, que não me decepcionaria e assim tem feito, o que me conforta muito.

Outro que prometeu não me abandonar é Max Schur. Quando chegar a hora e virar uma tortura sem sentido, ele falará com Anna. Quero viver meus últimos dias com dignidade. Escrever longe do rumor das armas.

Marie me reconciliou com a França que amei, a de Voltaire, Anatole France, Balzac, Sarah Bernhardt, Zola, Victor Hugo, Charcot... Ela luta para que eu receba o Prêmio Nobel de Literatura desde 1936, contra a minha vontade. Escreveu a Thomas Mann e a Romain Rolland, por sorte nem um nem outro lhe dão esperanças. Querem escrever a minha biografia. Muito conversamos a respeito destas questões. Mas o que podem essas biografias proporcionar-nos? Mesmo a melhor e mais integral delas não pode responder a duas perguntas: não lançaria luz sobre o enigma do dom miraculoso que faz um artista, e não poderia ajudar-nos a compreender melhor o valor e o efeito de suas obras. A Princesa argumentou com outro ensaio de Baudelaire:

Há duas maneiras de copiar, uma livre e ampla, outra feita metade de fidelidade, metade de traição, em que se coloca muito de si mesmo.

Quando recebi o Prêmio Goethe de Literatura, afirmei que não há dúvida de que uma biografia satisfaz a poderosa necessidade de obter conhecimento das circunstâncias da vida de um homem quando suas obras se tornaram tão plenas de importância para nós. É inevitável que, se aprendermos mais a respeito da vida de um grande homem, ouviremos também falar de ocasiões em que ele, de fato, não se saiu melhor do que todos; em que, na realidade, se aproximou de nós como ser humano.

– Não obstante, penso que podemos considerar os esforços dos biógrafos como legítimos.

– Mas todos sabem que a memória é sempre equivocada como registro de fato.

– Sim, minha *Prinzessin*, ela sofre influências do inconsciente, distorce o juízo, seleciona material.

Marie buscava satisfação intelectual, emocional e erótica. Não podia esperá-la da parte do marido que a decepcionou. A análise não curou sua frigidez, porém deu-lhe um propósito firme na vida e um amigo paternal que nunca tivera. O homem faz de seu pai um Deus. Já havia concluído em *Totem e Tabu*.

– Estamos chegando, Sig.

– Sabe, Martha, quando o chinês me sorria sobre a mesa do gabinete, o dia devia ser bom.

Marie foi minha paciente, aluna, discípula. A última Bonaparte, como gosta de ser chamada. Hoje quer salvar intelectuais ameaçados pelo nazismo. Tem um caráter justiceiro. Embaixatriz devotada, excepcional tradutora, minha filha, nossa Princesa.

XXVIII
ESTA TARDE EU VI FREUD

Prinzessin, qualidades trazidas do berço, relegadas à audácia impensada, tropeçam. Paixão desmedida distancia-se do sublime. Lembra que a visão da morte nos dá projetos de vida. Por que entristecer-te? É a vida. É, de modo preciso, sua natureza eternamente fugaz que constitui sua beleza.

Acorda ao nascer do sol com estas palavras. Pouco a pouco os olhos se habituam à claridade. Os hóspedes ainda dormem. O Príncipe Valdemar e Croisy ainda estão em sua casa, vindos para o casamento da Princesa Eugénie e do Príncipe Dominique, ocorrido há cinco dias, mas estão de partida. Então poderá dedicar-se inteiramente à família Freud.

O dia amanhece com muita pressa. Os pássaros cantam com toda força. Já se abriram as flores. O orvalho cintila nas folhas. Levanta-se. Há muitas providências a serem tomadas. Não consegue definir bem seus sentimentos. Está preocupada com o exílio de Freud aos oitenta e dois anos em tais condições de saúde. Nesta manhã seus amigos chegarão à Gare de l'Est.

Esta tarde a brisa soprará com sua adorável presença em nossa casa. No quarto, mandei colocar orquídeas. Eu mesma escolhi os lençóis e toalhas. Na antessala, lírios, e gardênias na sala de jantar. Irei recepcioná-lo com suas flores preferidas. Isso me faz lembrar que havia sempre flores frescas em seu gabinete. Em seus aniversários, os amigos o inundavam de orquídeas. Mandei fazer um *Tafelspitz*, uma espécie de carne de panela cozida com raiz forte. Pode não combinar com ostras e caviar, mas é um de seus pratos prediletos. Como gostaria que o apetite dele, hoje, fosse de verdade...

Convidei Yvette Guilbert para cantar em sua homenagem, aos setenta e um anos. Sei que ele assistiu um recital em 1889 e trocaram correspondência. Quero que o professor sinta-se assim, entre amigos. Passado o casamento de Eugénie só o que tenho pensado é em Freud e em meu pai. Escrevi inúmeras cartas para cativar sua atenção. Em sua morte, descobri que ele guardava todas, sem jamais abrir uma sequer. Com a doença, meu pai ficou muito meu. Um tempo sem poder ir-se, escapar, fazer-me chorar. Quando eu era pequena e ele ia jantar fora ou partia em viagem, eu me desesperava. E me recusava a aceitar a ideia de que ele ia me abandonar uma vez mais. À cabeceira do meu pai, li para ele *Introdução à Psicanálise*; pois aparecera uma tradução em francês. Para mim, a leitura desta obra foi como uma revelação. Tive o sentimento de que, engajando-me nessa via, encontraria a profissão que me permitiria realizar algo que fizesse sentido, e conforme meus desejos.

Depois de terminada a análise, eu passava uns dias no verão em sua casa de férias. Freud é meu amigo e conselheiro, eu o mantenho a par de tudo.

Em 30 de setembro de 1925, cheguei com minha dama de companhia no Hotel Bristol, no Kärntner Ring, perto da Ópera. Freud recebia-me todos os dias, às 11 horas, na primeira etapa da minha análise. Era Paula que atendia a campainha. Antes de abrir a porta, assegurava-se através do olho mágico que o visitante era conhecido. Na primeira vez, não prestei atenção em nada na sua casa. Mas a impressão que ele me causou ultrapassou tudo o que eu esperava. Primeiro a enorme doçura que nele se abria com potência. Sente-se sua empatia por toda a humanidade, que ele soube compreender e de que somos só um imperceptível pedaço.

Entre nós a confiança foi instantânea e recíproca. Sentimo-nos muito à vontade um com o outro, o que nenhum de nós poderia prever. Chegando ao hotel escrevi: *Esta tarde eu vi Freud.*

Nesse primeiro encontro, ele me disse:

– Tenho setenta anos, estou com boa saúde, mas nem tudo vai bem. É por isso que a previno que não se apegue demais.

Em resposta, comecei a chorar e a dizer que o amava.

– Ouvir isso aos setenta anos!

Na minha análise, eu costumava tomar nota de tudo:

– Veja só, eu a conheço há apenas três semanas e estou lhe contando mais que a outros depois de dois anos... No entanto eu ofereço minha confiança e, em seguida, me decepciono.

Estendi a mão atrás do travesseiro do divã e ele a tomou.

– Meu querido amigo (ousei dizer com lágrimas nos olhos), eu não o decepcionarei.

– Creio que com a *Prinzessin* não estou me enganando. Perdi minha mãe logo ao nascer. Uma mulher poética e sonhadora com alma de musicista. A tragédia não permite que nos acomodemos em posição confortável de espectador. Carreguei a culpa por ela ter dado a vida por mim. Mamãe nunca se recuperou do meu nascimento. Morreu tuberculosa, trinta dias depois.

Muitas vezes pensei em abandonar a psicanálise para fazer medicina. Eu não quero ser freira! Pode-se viver sem conflito? Para eliminá-lo seria necessário recorrer a medidas enérgicas. Mas eu me convencia de que as análises eram maravilhosas e que não se podia querer outra profissão depois de provar desta. Psicanálise é ciência e arte.

Lembro-me que Freud me disse uma vez:

– É certo que a análise não pode mudar o caráter. A senhora conservará para sempre o conflito essencial de sua vida. O masculino e o feminino juntos. Mas a análise pode afastar as manifestações doentias desse conflito e liberar as forças psíquicas para uma obra útil.

A análise é a aventura mais emocionante que já fiz. Eu desejava desvendar o que havia encoberto pela superfície. Tirava a poeira do passado com os braços. Temia que as paredes em torno de minha alma, apesar de Freud, se removessem tarde demais. Eu tinha vestidos de ouro e prata, guardados em cofres, que serviam para atrair pretendentes. Meu pai me ofereceu um casamento-prisão. Meus filhos estavam, desde a mais tenra idade, habituados a ver seu pai na companhia de *Papai número dois*, como o chamavam. Ainda assim, Georges foi contrário à minha partida. Ele não compreendia o que eu ia fazer em Viena. Meus filhos também se opunham, tinham necessidade da minha presença, assim como toda a casa. Mas nada podiam fazer para me impedir. Todos pareciam sentir-se ameaçados, abandonados.

Os espectros se esvaem à luz do dia. Porém é necessário primeiro ter a coragem de evocá-los em plena luz.

Georges se opôs que me tornasse uma psicanalista:

– Não estás atravessando uma crise mística? O que pretendes com esse professor judeu? Seria ridículo, não és médica, e, sim, uma mulher da sociedade.

– Mas eu quero adquirir a técnica psicanalítica e ninguém vai me impedir.

Coragem moral e clareza de espírito, devo a mim mesma. Depois decidi que moraríamos em duas casas, ficando ele livre para viver com o homem que amava. Eu queria mais liberdade para atender meus pacientes. Enviava um *chauffeur* para trazê-los e, se o tempo permitisse, a sessão era aqui mesmo, no jardim. Eu me deitava em uma espreguiçadeira atrás do divã e fazia crochê durante a hora de análise. Cheguei a levar alguns para Saint-Tropez ou Atenas nas férias. Além de analista, eu era anfitriã.

Anna tornou-se analista de crianças antes mesmo de eu a conhecer. Treze anos mais moça que eu, morena, bonita, magra, com ar de juventude feliz e, ao mesmo tempo, austera. Começou ensinando numa escola primária por cinco anos. Depois passou a secretariar o pai, a assistir conferências. Em 1922, fez sua primeira comunicação e falava sem anotações, como o pai.

Ao ajudá-lo a organizar os papéis antes da partida, encontramos uma carta de uma mãe em desespero na América, que escreveu a Freud pedindo um conselho, e a cópia da sua resposta, que jamais esquecerei:

Deduzo de sua carta que seu filho é homossexual. Impressionou-me muito o fato de que a senhora não mencione esse vocábulo em suas informações acerca dele. Posso perguntar por que a senhora o omite? A homossexualidade não é, certamente, nenhuma vantagem, mas não é nada de que se tenha de envergonhar; nenhum vício; nenhuma degradação, não pode ser classificada como doença; nós a consideramos como uma variação da função sexual. Muitos indivíduos altamente respeitáveis, tanto nos tempos antigos, quanto nos modernos, têm sido homossexuais, e vários dos maiores entre eles (Platão, Michelangelo, Leonardo da Vinci...). É uma grande injustiça perseguir a homossexualidade como crime, e é também uma crueldade. Se a senhora não acreditar em mim, leia os livros escritos por Havelock Ellis. Ao solicitar minha ajuda, a senhora revela a intenção, suponho eu, de que eu seja capaz de abolir a homossexualidade para que a heterossexualidade possa assumir o seu lugar. A resposta é que, de maneira geral, não temos possibilidade de consegui-lo... O que a análise pode fazer por seu filho é algo bem diferente. Se ele se sente infeliz, neurótico, despedaçado por conflitos, inibido na sua vida social, a análise pode trazer-lhe harmonia, paz de espírito, plena eficiência. Continue ele homossexual ou se modifique. Se a senhora se decidir, ele poderá analisar-se comigo. Não espero que se decida a isso. Terá ele de vir até Viena. Não tenho intenção de me deslocar daqui. Todavia, não deixe de me comunicar a sua resposta.

Freud é um homem bom e sempre fez o que estava ao seu alcance para ajudar as pessoas, mesmo que fosse um estranho. Ele escreveu, no ano que nos conhecemos, uma autobiografia, mas ali não há nada de sua vida pessoal, apenas alguns dados acadêmicos e científicos. Por sorte tomei nota da minha análise e um dia ele terá uma biografia que possa revelar o homem que foi. Afirma que a intervenção psicanalítica se opõe à tentativa de separar os homossexuais dos outros seres humanos como um grupo particularizado. Isso me faz recordar que, três meses depois de Hitler tomar o poder, destruiu o Instituto de Sexologia, seus arquivos, documentos, décadas de pesquisa e trabalho. Pôs em prática a doutrina nacional-socialista de extermínio ao povo judeu; na medida em que eram considerados raça inferior, assim como os homossexuais e os doentes mentais.

Os psicanalistas em Berlim tiveram que aderir ao jargão do Terceiro Reich. Aceitaram a erradicação do vocabulário freudiano e depois se recusaram a tratar pacientes judeus, que foram excluídos de qualquer tipo de tratamento e despachados para os campos. Freud deu-se conta de que a posição que vinham tomando não era a melhor opção e recomendou que não fizessem nenhuma concessão. Os nazistas destruíram a psicanálise na Alemanha e pretendem fazer o mesmo em toda a parte.

Nestes anos, Freud entrou em uma discussão amistosa comigo, sobre se ele era um grande homem. Ele decidiu que não era, porém que tinha feito importantes descobertas. Então, disse-lhe:

– O senhor já leu Einstein? Sabia que antes de encontrá-lo eu o comparava a Einstein?

– Acha de verdade? Isso me envaidece muito. Mas eu não posso compartilhar a sua opinião. Não porque seja modesto. Os inventores não são necessariamente grandes espíritos. Quem mudou mais o mundo que Cristóvão Colombo? Ora, o que era ele? Um aventureiro.

Uma vez comentei da dificuldade para escrever. Ele evocou Schiller e me disse que a atividade criativa liberta a razão de suas sentinelas, permite o fluxo de ideias, deixa-se invadir pela loucura momentânea e passageira que habita o ato de criação.

Sempre combateu a discriminação contra a mulher. Se um de seus discípulos considerava a mulher fisiologicamente inferior ao homem, ele dizia que essa desigualdade não existe no inconsciente, é uma construção da fantasia. Ele sempre apoiou nossa luta pelos direitos civis. Aprecia as mulheres cultas, inteligentes, fiéis e devotadas aos filhos e tem horror ao adultério, contudo prefere um bom divórcio a um mau casamento. Jamais frequentou meretrizes, nem bordéis. Ele nunca esquece o que lê, têm memória fotográfica.

– Professor Freud, a análise isola, e a inteligência também.

– Princesa Marie, há uma grande questão à qual eu nunca pude responder, apesar dos meus trinta anos de estudos da alma feminina. O que quer a mulher? A maior parte dos escritores foram homens, eles não nos puderam dizer o que quer a mulher. E é justamente desse ponto de vista, como de outros, que a literatura é perigosa.

– O homem tem medo da mulher.

– Ele tem razão, responde Freud.

Contei-lhe que tinha um amor e que nunca havia revelado o seu nome. Falei então da felicidade de ser amada. Numa noite banhada de orvalho e de estrelas, dentro de um carro escuro que rodava rumo a Paris, o primeiro beijo. Ele queria fazer de mim uma mulher resplandecente de felicidade. Eu tinha medo, mas como não ceder a este homem que, de tantas formas, me atraía? Fazíamos amor no jardim depois que todos dormiam e os serviçais desapareciam. Ele adormecia sobre mim até a hora que podíamos, para melhor aproveitar minha presença. Ele me amava, apesar de suas divisões, apesar de suas crueldades. Eu o amei como nunca amei nenhum amante. Eu o amei, apesar de suas mentiras, apesar de sua cabeça que não era igual a minha. Eu o amei, apesar de suas asperezas e suas insuficiências. Eu o amei porque ninguém como ele foi para mim o encanto das noites, à espera do nascer do dia, o perfume das folhas e das ervas, porque nada antes dele, num grau igual, foi poesia.

XXIX
DEBAIXO DE MEUS PÉS: PARIS

Paris, 5 de junho de 1938. O sol brilha num dia lindo com céu sem nuvens. O trem aproxima-se da Gare de l'Est. Na estação, pessoas movimentam-se em todas as direções. Freud enxerga a amiga Marie Bonaparte, com um dos seus chapéus exuberantes. Na sua grandeza, ela também brilha. Olha para si e se sente digno de uma princesa em seu terno de *tweed* inglês, tecido à mão. Coloca seu chapéu, pega a bengala preta e, com passo decidido, segue pelo corredor. O pequeno trajeto até a porta de saída o deixa ansioso. Desce bem devagar e logo se apoia no cabo de madrepérola. O idioma francês mistura-se ao aroma dos perfumes. A cobertura de vidro azul ilumina o enorme espaço. Depara-se novamente com o grande relógio, os arcos. Neste momento vê William Bullitt, particularmente elegante em seu chapéu de feltro e lenço de renda na lapela. Que alegria! Ernst e o filho de Alexander, Harry... Vieram à França para acompanhar-nos no trajeto até Londres.

Jornalistas correm vendo-me sair do trem. Fotógrafos disparam suas máquinas de maneira selvagem. Gosto de sino, de relógio, do barulho do tempo, mas não desse ruído mecânico dos *flashs* e de sua luz que me ofusca. Fico, por alguns segundos, paralisado, sem forças, os ombros caídos. Permaneço com a sensação de movimento mesmo estando parado. Sinto uma oscilação, como se ainda estivesse dentro do trem. Uma leve tontura e desequilíbrio, somados ao alvoroço, deixam-me atordoado. Uns empurram os outros atrás do melhor ângulo para as fotos; jornalistas tentam entrevistar-me. Percebendo meu cansaço e a impossibilidade de falar à imprensa naquele momento, a Princesa providencia, rapidamente, que sejamos retirados da estação.

Dois automóveis de luxo com *chauffeurs* aguardam bem próximos para nos conduzir até uma de suas casas. A primeira ação resultante de sua análise comigo foi a compra desta residência no número 6 da Rua Adolphe-Yvon, perto da Porte de la Muette. Uma breve parada de doze horas. Desta vez ficaremos hospedados no *hôtel* particular de Marie Bonaparte. Às dez horas da noite, prosseguiremos a viagem para Calais, onde os vagões são embarcados no *ferryboat.*

– Pai, tira essa cara de fotografia, estás muito sério, diz Anna.

Entregamos nossa bagagem a um carregador que a organiza no porta-malas do Bentley e do Rolls-Royce. Em seguida o motorista abre gentilmente, a porta do automóvel.

– Esta estação foi inaugurada por Napoleão III, tio-avô de Marie Bonaparte, diz Freud à Josephine antes que entre no outro automóvel com Marie, Anna e Paula.

Logo que tem oportunidade, Marie conversa com Anna e Josephine:

– Como ele enfrentou a viagem?

– Exceto pelo cansaço, que se manifestou nas dores cardíacas, ele aguentou bem, responde Josephine.

– Não costuma entregar-se a lamentações, mas está muito cansado, dormiu muito pouco, comenta Anna.

– Vai descansar, preparei tudo para que tenha horas agradáveis no jardim ou no terraço.

Freud, Martha, Ernst e Harry seguem no Rolls-Royce. Freud escuta a Marselhesa, entre os pés de *marronniers*. Na cabeça, frases de Goethe: *Apenas imagine esta cidade universal, na qual cada passo sobre uma ponte ou em uma praça nos recorda um grande passado, onde cada esquina representa um fragmento da história.*

Eu, um jovem médico, e Charcot. Sob nossa observação e cuidados, os histéricos. Havia uma terra de ninguém; até um regime mais suave no reino da histeria. Ainda estava viva na memória das gerações mais velhas a lembrança dos tempos em que os internos da Salpêtrière eram amarrados com correntes, como animais selvagens, às paredes ou trilhos de ferro, ou estacas, e admitia-se o público para ver o espetáculo.

Olha para seu filho, o arquiteto, como todos o chamam. Encontrou Lucie, teve três filhos quando morava em Berlim, após estudar em Munique. Emigrou para Londres depois da queima dos livros. Seu primeiro trabalho foi uma reforma na casa de campo de Ernest Jones, que fez questão de me telegrafar para elogiá-lo. Conquistou cedo tudo o que um homem poderia desejar. Ergue os olhos para o bordado metálico da Torre Eiffel. Quando estive aqui pela primeira vez, ela ainda não existia...

O automóvel entra em uma rua longa, estreita e ganha velocidade. Os olhos são testemunhos mais precisos do que os ouvidos; incapazes de acompanhar a fugacidade, caem no vazio, não consigo captar os detalhes. Paris é um museu em movimento.

Ao chegarem, Marie determina que encaminhem as bagagens de mão para os quartos. Mostra onde cada um ficará. Anna só consegue pensar num bom banho para refazer-se. Freud despede-se e vai repousar um pouco. A anfitriã preparou uma pequena recepção para mais tarde, com alguns poucos amigos.

Um tempo depois, Freud já está acomodado em uma espreguiçadeira, a cachorra Lün-Yu a seus pés. Marie senta-se à sua esquerda, Anna à direita e logo depois Martha, Ernst, Harry, Josephine, Paula, William Bullitt, agora embaixador americano na França. Diplomata, jornalista, um dos homens que participou da Conferência da Paz e os tirou de Viena. O reencontro os fez recordar os últimos acontecimentos.

– Quando revistaram a editora, Martin não teve tempo de destruir todos os documentos comprometedores, por sorte não encontraram uma cópia do testamento que comprovava a existência de posses no Exterior, o que era considerado pelo regime nazista um crime, diz o embaixador, dirigindo-se ao Príncipe Georges, marido da Princesa.

– Martin, meu filho mais velho, foi detido na *Internazionale Psychoanalytische Verlag*, editora criada por mim.

– Foi no mesmo dia em que os camisas marrons esmurraram com violência nossa porta, diz Martha.

– Antes já haviam confiscado a biblioteca e os bens da Associação Psicanalítica de Viena, complementa Marie.

Freud pensa no testamento que assinou deixando trezentas libras para a cunhada Minna e à Anna, suas antiguidades e livros de psicanálise. A editora foi liquidada. Os pensamentos o tumultuam. Mas continua a conversa:

– Metade dos analistas alemães abandonou o país. Graças à intervenção do Embaixador William Bullitt, seu amigo John Wiley, cônsul-geral dos Estados Unidos em Viena, cumpriu a missão de agilizar nosso exílio. Sem o resgate pago pela Princesa Marie, eu não conseguiria deixar a Áustria.

– O dinheiro nunca contou para mim, o senhor sabe. Ele só tem valor para comprar a liberdade.

Freud está visivelmente emocionado. Esperou três meses pelo passaporte para a liberdade. Rememora um momento da sua análise em que ela tinha dificuldade em admitir que o dinheiro fazia parte dela. Lembro de falar a respeito da vantagem de poder ter independência intelectual. Não imaginava que iria me socorrer tantas vezes. Na primeira, a Princesa resolveu apuros na editora, que passou a ter problemas financeiros. Lembro de um momento da análise em que me dizia que a verdadeira nobreza não está nos tronos, está no coração, no pensamento e no poder de viver nas alturas. De meus lábios sai uma única palavra:

– *Prinzessin*...

– Ernest Jones alertou todos os seus conhecidos em Londres, mas sem a ajuda da Princesa Bonaparte de nada adiantariam os passaportes, complementa Bullitt.

– Ela foi infatigável, diz Martha.

– Papai não tinha dinheiro para cobrir as despesas, seu dinheiro vivo tinha sido confiscado, assim como sua conta bancária. No entanto a senhora estava lá e pagou o que tinha que ser pago.

– Também não devemos esquecer que Anna fez intermináveis perambulações até os funcionários e autoridades. No final de abril, chegou a ir por três vezes no consulado americano e umas cinco vezes no advogado, lembra Marie, que agora está alerta.

Não gostaria de ver seu convidado apreensivo. Planejou para que essas horas pudessem ser as mais agradáveis possíveis. Neste momento, a conversa é interrompida pela agitação da cachorrinha Lün-Yu que está solta pelo jardim. Paula fala que ela deve estar com um pouco de medo da cadela Tatoun, a Chow-Chow da Princesa. Buscando proteção, o animalzinho encarapita-se sobre a cadeira de Freud.

Chegam, tio Valdemar, Príncipe da Dinamarca com quem Georges mantém um relacionamento desde a adolescência, e Croisy, babá de seus filhos e governanta. Mas para Freud é inevitável pensar no momento em que Martin e Anna foram presos. Mais de sete mil e quinhentas pessoas já haviam sido detidas e torturadas, e milhares de judeus encarcerados ainda ignoram para onde serão deportados. Em abril, um primeiro trem de prisioneiros ditos *políticos* partiu rumo a Dachau. É a espantosa irrupção da bestialidade.

Anna lembra-se do Veronal que o Dr. Schur deu-lhe antes de ir depor na Gestapo. Nunca dirá ao pai. Consegui convencê-los de que a Associação Psicanalítica Internacional era uma entidade apolítica e exclusivamente científica.

– Princesa, sua presença em Viena naqueles dias foi inestimável. Acreditam que ela queria ser levada presa comigo? Anna disse isso e tirou o casaco.

Marie manda servir alguns refrescos e trata de introduzir outro assunto. Olha para o marido e ele a compreende, dirigindo-se ao visitante:

– Dr. Freud, quero lhe oferecer um presente.

O Professor abre o embrulho e tem em suas mãos uma caixa. Sente o aroma; gira alguns charutos, deixando as *anillas* vermelhas perfeitamente enfileiradas.

– Estavam escassos em Viena, o *trabuco* é o meu preferido.

– Disseram-me que o tabaco é plantado na Nicarágua.

– Sim, mas a semente é cubana. Nos últimos anos, passei períodos em que saí de casa muito pouco, às vezes apenas para ir à tabacaria.

E completou gracejando:

– Vivia confinado por semanas à prisão domiciliar. Mas não posso me queixar, estava rodeado por mulheres maravilhosas.

Os convidados do casamento retiram-se. As conversas adquirem um tom mais íntimo. Freud examina espécimes de samambaia, herbários. O clima é doce, tem vontade de dar alguns passos pelo jardim apoiado no braço de Anna. A Princesa supera-se em ternura e atenção. Freud está reclinado em uma espreguiçadeira de vime, com uma coberta sobre as pernas.

Marie lhe diz:

– Pedi ao meu sobrinho, Rei da Grécia, uma intervenção pessoal para liberar os depósitos. As negociações estão adiantadas, acho que até o final do mês os receberá em Londres.

Ela e Georges ainda tinham outras surpresas: ofereceram uma dúzia de estatuetas e vasos de terracota que trouxeram de uma recente viagem à Grécia.

Eles também me ofertaram lindos vasos gregos e uma estátua romana de Vênus e estátuas Tang. Depois eu comprei a *Jogadora de polo,* de terracota. Eu me apaixonei por esta figura feminina praticando esporte, algo incomum na arte chinesa. O período inicial da Dinastia Tang, entre 618 e 906 depois de Cristo, foi dominado pelas mulheres que ganharam novas liberdades. Podiam andar a cavalo, caçar e jogar polo com os homens e tinham menos restrições na sociedade. Um ano depois, ela me presenteou com o *Camelo*. Minhas últimas aquisições foram em 1936, quando completei oitenta anos.

O sol faz bem, em vez de arder, e há uma deliciosa brisa. Ondas de luz e cores acariciam um casal de passarinhos. O deleite me prende à preguiça. Então, algo inesperado, a amiga Yvette Guilbert canta *Il me dit que je suis belle*, minha preferida; é como um sopro divino. É como se eu escutasse o canto agradável da *fauvette*, pássaro de penas fulvas:

Et quand le temps se lasse
De n'être que tué
Plus une seconde passe
Dans les vies d'uniformité
Quand de peine en méfiance
De larmes en plus jamais
Puis de dépit en défiance
Ou apprend à se résigner
Viennent les heures sombres
Ou tout peut enfin s'allumer
Ou quand les vies ne sont plus qu'ombres
Restent nos rêves à inventer

Il me dit que je suis belle
Et qu'il n'attendait que moi
Il me dit que je suis celle
Juste faite pour ses bras
Il parle comme on caresse
Deux mots qui n'existaient pas
De toujours et de tendresse
Et je n'entendait que sa voix

XXX
SOB A PROTEÇÃO DE ATENA

Cada vez que me deixo fotografar, sou tocado por uma sensação de inautenticidade. A partir do momento que olho para a câmera, tudo muda. Diante da objetiva sou o que julgo ser? Aquele que gostaria que conhecessem? Engelman olhava pelo pequeno orifício, enquadrava e colocava em perspectiva o que queria captar. A partir do momento em que focava o dispositivo óptico, eu percebia sua emoção. Enquanto ele registrava o gabinete e a mim, pensava que posando não me arriscava tanto. Podia ver seu esforço para não me transformar em objeto; não se servia de mim para exibir sua arte.

Por um instante, enquanto Yvette cantava, a vi como na fotografia. Costumava apresentar-se nos cafés-concertos na Paris da *Belle Époque.* Modelava seu timbre e podíamos escutar: ora a mocinha ingênua, desamparada, ora a bêbada desiludida ou a prostituta antes de ser derrubada por suas frustrações. Sua voz ainda hoje comove, nos identificamos com as personagens que ela interpreta. Yvette consegue despertar no ouvinte profundas emoções. Isso me fez recordar Sarah Bernhardt. Quando a assisti no Teatro Saint-Martin, fiquei maravilhado, nunca uma atriz me surpreendeu tanto, eu estava pronto a acreditar em tudo o que ela dizia. Escrevi sobre a sensibilidade de uma artista que faz ressoar emoções esquecidas ao encarnar a personagem de forma dramática. *É essa a eterna e mais profunda essência do ser humano que todo poeta sempre tende a despertar nos ouvintes,* da qual Edgar Allan Poe falava.

Novamente Freud recolhe-se aos seus aposentos. Sentindo-se cansado, despede-se dos amigos e vai repousar um pouco. No início da noite, ocorrerá uma recepção em sua homenagem com a presença de psicanalistas franceses. Procura coordenar seus pensamentos. Visualiza as fotografias das três mulheres que sempre estiveram em seu escritório: Yvette Guilbert, cantora, bailarina, retratada por Toulouse-Lautrec; o porta-retrato com a inesquecível Lou Andrea-Salomé e, *natürlich,* o da minha Princesa.

Lembro de quando Lou comentava comigo sobre Madame Bovary, Anna Karenina, a loucura amorosa, a quietude conjugal. Era a favor de um casamento que permitisse liberdade aos parceiros, o que contrariava a dominação masculina e a maioria das religiões. Foi ela que me colocou em contato com Nietzsche. Os nazistas a chamavam de feiticeira. Também criticava a psicanálise por reduzir a criação estética ao recalque. Tivemos belas e fervorosas conversas. Ela era o meu espelho.

E Marie Bonaparte... Elevação do caráter igual ao do pensamento. Eu não esperava mais nada da vida. Minha filha Sophie morrera aos vinte e sete anos, de gripe espanhola, quatro anos antes da chegada da Princesa para analisar-se comigo. Também ocorrera há pouco a morte do meu neto Heinz, que foi a maior tristeza da minha vida. A vinda de Marie trouxe-me o inesperado, uma volta à esperança. Minha Princesa costuma dizer que, muitas vezes, nossas perdas e tristezas são feitas de nossos remorsos. Ela tem razão. A perda de um filho parece ser uma ofensa grave narcísica; o que se chama de luto, só vem depois.

Freud fecha os olhos, respira fundo e pensa nos visitantes desta noite. Houve muita reação à introdução da psicanálise na França. Foram os literatos os primeiros a se interessarem por ela, inclusive na Sorbonne.

Meia hora mais tarde, já é noite fechada. Antes de vestir-se para a ocasião, Freud olha com afeto para as orquídeas. São de uma coloração variada: branco, amarelo, com tons de roxo, lilás, azulados... É a *Cattleya*, ela precisa de sol. Gosto desta que parece grãos de pipoca e também desta outra de origem asiática que floresce o ano inteiro; Arundina, com folhas finas, e a chuva-de-ouro com suas flores de longas hastes, como um cacho. Todas com perfumes agradáveis, suaves, para ornamentarem o quarto. Os lírios, com cheiros mais marcantes, Marie os colocou na sala contígua.

– Sig, pedi para que passassem a calça e a camisa. Acho que está na hora de nos aprontarmos.

– Sim, Martha. Eu estava olhando essas flores e pensando na minha irmã Anna; ela teve a oportunidade de fazer um excelente casamento com teu irmão Eli, e foi a única a dar continuidade aos estudos. Felizmente conseguiram emigrar para os Estados Unidos, onde seus filhos poderão prosperar.

– Quando quiseram fazer o casamento dela com o velho tio que a cortejou, tiveste a coragem de te opor. Como estarão Oliver e Eva? Espero que ele encontre uma pátria e um trabalho...

Martha diz essas palavras enquanto escova o casaco do terno e começa a ajudar seu marido a vestir-se. Não usa perfumes nem cosméticos. Ela mesma arrumou seu cabelo em coque e escolheu um vestido alegre.

– Laforgue te considera uma mulher maravilhosa, prática, inteligente, dona de casa hábil em tornar a atmosfera tranquila e alegre.

– Ainda há pouco disseste que estavas rodeado por mulheres maravilhosas.

Martha é meu único e grande amor, ela me inundou aos vinte e poucos anos, atingiu-me com fúria, gerou violento ciúme.

Ele sorri, dá o braço para sua mulher, firma o charuto na mão direita, e, instantes depois, estão entre os convidados. Anna, Josephine e Paula sentam-se lado a lado no jantar, parecendo felizes. As ostras estão sem gosto para o paladar de Paula. Anna comenta com Josephine sobre a escola para crianças especiais que teve em Viena com Eva Rosenfeld, sobrinha de Yvette Guilbert. Freud, sem apetite, observa as gardênias no centro da mesa. Pensa no quanto tem sorte em estar sob a proteção de Marie.

Um dos convidados dirige-se à Anna Freud. Ela fala da criação de um seminário para a formação de terapeutas de crianças na própria Berggasse. O interlocutor admite ser o que estão necessitando em Paris. Marie aproveita para lembrar o XV Congresso da IPA, a Sociedade Internacional de Psicanálise, que ocorrerá dia 29 de julho. Ernest Jones é o presidente. Freud quer que Anna o represente, estima que até lá poderá finalizar parte do *Moisés*. Com os preparativos para a viagem, perdeu o ritmo; antes escrevia uma hora por dia, pelo menos.

Marie convida Anna para ficar em sua casa durante o Congresso. Fará uma festa para todos os participantes, a maioria deles exilados vienenses. Contará novamente com a presença de Yvette Guilbert para abrilhantar a noite. Anna não tem a menor vontade de retornar à França, quer apenas estar ao lado de Freud. A Princesa entende seu sofrimento, ela também passou meses à cabeceira do seu pai e tinha por ele um amor exclusivo.

– Meu pai dedicou-se no fim da sua vida à botânica e à geologia. Tinha uma coleção particular de rochas, minerais e uma grande biblioteca. Temos muito em comum, não achas?

Freud comenta que, além da Palestina, recebeu outros convites. O escritor Xavier Bóveda e um pequeno círculo de eleitos formaram um núcleo que está fundando o freudismo na Argentina. Sonham em salvar a psicanálise do perigo fascista e ofereceram-me uma nova terra prometida. No Brasil, já existe uma Sociedade de Psicanálise filiada à IPA, desde 1929. Decidi por Londres, onde tenho, inclusive, familiares, meus filhos residem lá.

Ele não quer pensar no passado recente, devastador, ou evocar um futuro incerto. Lembra-se que, quando tinha três anos de idade, seus irmãos emigraram para Manchester. Que foi visitá-los pela primeira vez aos dezesseis anos e já falava inglês. Desde pequeno apreciava a literatura inglesa. Dois anos antes da viagem, lia poemas e escrevia cartas em inglês para treinar o idioma. Isso foi no início do verão de 1875. Esta viagem vinha sendo muito prometida e adiada muitas vezes. Durante o jantar comenta: Retornei em 1908. Considerei mudar-me para lá. Gostei muito da Inglaterra, a viagem foi inesquecível. Achei a cidade de Londres esplêndida. Visitei as antiguidades no Museu Britânico e na National Gallery. Além disso, os charutos eram excelentes.

Marie introduz uma história pitoresca.

– Foi Mathilde quem me contou... Freud tornou-se tão célebre em Hollywood que lhe pediram para escrever cenas sobre os grandes amores históricos da antiguidade até nossos dias.

Todos riem e Anna faz a réplica.

– Dois assassinos, muito ricos, Leopold e Loeb, autores de um crime perfeito que apaixonou a América, queriam que papai desse seu diagnóstico sobre o caso...

– Sempre tive fascínio por criminosos, deve ser genético, diz Marie, sorrindo.

Divertem-se e brindam. O jantar segue em tom aprazível. Marie não esquece a sobremesa preferida do seu convidado: sorvete de creme.

Freud diz ainda algumas palavras:

– Não se pode perder a esperança, ou não haverá razão para preservar a vida. Construirei em Londres uma morada acima das ruínas. Na impossibilidade de remediar erros passados, volto meus olhos para o futuro.

Um empregado bate levemente à porta, solicita as bagagens. Freud ajuda Martha com a capa. Os motoristas recolhem seus pertences para acomodar nos automóveis. Marie explica que Jones conseguiu, junto ao Ministério do Interior, um *status* temporário de diplomata para todos eles e que serão poupados das formalidades da alfândega.

Mas não comenta, ainda, que a cachorrinha terá que ficar separada dele por seis meses.

– Meu amigo querido, tudo está acertado na estação de Victoria para evitar contrariedades. O trem não vai parar na plataforma normal, mas em outra, para fugir dos jornalistas, que também estarão ansiosos para entrevistá-lo, afinal é a chegada do psicanalista mundialmente famoso. Segundo Jones, o próprio diretor da via férrea e o chefe da estação irão recebê-lo. Um lado da *Victoria Station* vai ser fechado e, do lado de fora, um carro aguardará para levá-los até o hotel. E, claro, seus filhos Mathilde e Martin estarão lá. Ernst e Anna se ocuparão das bagagens e seguirão de táxi.

Ernst segura o braço do pai e diz:

– A residência que aluguei, até encontrarmos uma moradia definitiva, é uma casa agradável, de um piso só, do tipo *cottage.* Há um jardim com vista sem obstáculo para o Regent's Park. É o tempo que precisaremos para que o teu dinheiro, transferido via Suíça, esteja à disposição em Londres.

– Tenho muito medo que os nazistas segurem os nossos pertences. Ficaria totalmente perdido.

– Os móveis, louças, antiguidades e livros deverão chegar em meados de agosto. Então, Anna e eu poderemos providenciar a casa nova e arrumá-la, diz Ernst, olhando para Paula, que responde com prontidão.

– Não se preocupe, *Herr Professor*, eu sei de cor onde colocar todos os objetos.

– Sim, Sig, e vais reencontrar teus amigos Stefan Zweig e Hilda Doolittle, que também residem na Inglaterra.

Anna é obrigada a interferir:

-Temos que ir, é bom sair com antecedência para a Gare du Nord, onde vamos pegar o trem *Flèche d'Or* até Calais. Ali, às vinte e duas horas, pegaremos o *ferryboat.* Os vagões serão embarcados. E amanhã, 6 de junho, Londres.

Freud pede uns minutos a sós com a Princesa para despedir-se.

– Quando eu morrer, gostaria de ser cremado e minhas cinzas depositadas no vaso de antiguidades que me presenteou, aquele no qual os romanos misturavam vinho.

– ...

– Não me iludo, a primavera da nossa ciência foi brutalmente interrompida, estamos caminhando para um período muito ruim; tudo o que podemos fazer é manter a chama bruxuleando em alguns corações, até que um vento mais favorável permita atiçá-la de novo.

– ...

– Precisarei de mais um empréstimo...

A Princesa sorri. Freud também.

– Estou com pouca munição para a viagem e fiquei com muita vontade de reler Victor Hugo em francês.

– *Bien sûr!*

– Mais uma vez, quero agradecer-lhe por recuperar minha correspondência com Fliess; é mais íntima do que possa imaginar. Teria sido desagradável se caísse em mãos estranhas. Há fatos que o historiador desprotegido não pode divulgar. Ao público, tudo fica exposto.

Marie deixara essa correspondência num cofre no Banco Rothschild, em Viena. Depois dos acontecimentos de maio, ela os retirou e os trouxe para a França.

– Como o senhor sabe, aos dezesseis anos, apaixonei-me, um amor platônico, por um secretário de papai e mantive um romance secreto. Fui explorada, de forma cruel, por ele e sua esposa, que me extorquiram e ameaçaram divulgar as cartas. Como a soma era muito alta, tive que contar a papai que as comprou e rasgou. Hoje lamento a destruição. Quarenta anos depois acontece o mesmo.

– ...

– *Mon ami*, para que tenham o seu retrato, o mais fiel possível, é necessário que não se apaguem os traços mais emocionantes, que nos guardem os papéis íntimos, cartas ou diários, tantas vezes ameaçados pela piedade dos herdeiros.

– Quem quiser conhecer um escritor, deverá procurá-lo em seus livros.

A Princesa Bonaparte ainda tem uma surpresa. Entregar o bronze de Atena que levou sob as saias, e a figura de jade. Quando Freud percebeu que perderia toda a sua coleção de obras de arte, durante a invasão nazista, selecionou duas delas para ser contrabandeadas, pois representam tudo o que sua coleção significa para ele. Uma delas, Atena, filha do deus supremo. Prudente e sábia, protetora da ciência e das artes, inspiradora do saber, porém guerreira. Poderosamente armada, porque a ciência deve defender-se da ignorância. A outra, a pequena escultura de jade, da Dinastia Qing, século XIX. Ao centro, o personagem chinês que representa a longevidade. Em cada lado, feixes de flores surgem das bocas de dragões. As flores referem-se à vida e à fertilidade.

– Como sei da importância das obras de arte para o trabalho criativo e bem-estar, arranjei companhia até a chegada das suas antiguidades.

Marie mostra o que colocou sob as saias e levou para a Embaixada Grega e depois Paris.

– Seu nascimento foi no ano do dragão de fogo. Um prenúncio de que seria bem-sucedido.

– Nunca desfazer o mistério, as deusas perderiam sua soberania... As colocarei em minha escrivaninha. As esculturas melhoram o meu humor e falam de épocas e terras distantes. A *Prinzessin* entende o sentido histórico, artístico e afetivo que cada peça tem para mim. Minha paixão pelas antiguidades sempre foi um vício só superável pela minha dependência aos charutos. Guardiãs do corpo e do espírito, elas zelam pelo bom andamento das sessões ou do ato de escrever.

Ela sorri de contentamento. Freud prossegue:

– Marie Bonaparte difere na grandeza. A energia erótica sublima-se. A senhora é a nossa Princesa, uma obra de arte.

– ...

– Minha querida *Prinzessin*, bastou um dia em sua casa para restaurar nosso senso de humor e de dignidade.

Aproximo-me para despedir-me. Ela me acolhe. Gestos dizem mais que palavras. Partiremos sob a proteção de Atena.